JN248299

加護なし令嬢の小さな村
4
～さあ、領地運営を始めましょう!～

ツェリシナ
加護を持たずに
生まれた、乙女ゲーム
『アースガルズの
乙女』の悪役令嬢。
ヒスイ
元孤児。
ツェリシナのもとで
執事見習い中。
トーイ
もふもふの
大型犬のようだが、
実は……？

ヘル
『アースガルズの乙女』
のラスボス。
リュカーリア
この世界のトップに
君臨する
大神殿の神殿長。
ソラティーク
アルバラード王国の
王太子でツェリシナの
婚約者。

——運命が、見えた。
「そんなの、決まってるじゃない」
速くなる自分の鼓動を感じながら、ツェリシナは選択肢を選ぶ。
どちらの選択肢を選びますか？
雨が止まず、根付いてしまう咲かずの大樹。
晴れて、枯れる咲かずの大樹。

加護なし令嬢の小さな村 4
～さあ、領地運営を始めましょう!～
ぷにちゃん
illustration. 藻

Contents

1　咲かずの大樹

冬の寒さが和らぎ、春がやってきた。

ツェリン村も賑《にぎ》やかで、つい先日届けられた羊の群れが鳴いている。

この羊はメリアがツェリシナの大樹に勝手に花を咲かせてしまったことに対するお詫《わ》びの品で、ツェリン村で飼育環境が整うまで受け取るのを待ってもらっていたのだ。

受け取るのにかなりの時間がかかってしまったけれど、動物が増えたことで村もいっそう活気づいている。

今では、ツェリン村には馬、ヤギ、羊が一〇頭ずついる。子どもたちも楽しそうに世話をしてくれているので、将来的にもっと増えていきそうだ。

こんな平和な生活をしていると、自分が悪役令嬢であることをついつい忘れてしまいそうだとツェリシナは思う。


ツェリン村と、王都にあるリンクラート家の別邸、ハルミルの町の本邸。ツェリシナはあちこち行ったり来たりと、忙しい毎日を過ごしている。

今日は別邸で過ごしているのだが、ヒスイが申し訳なさそうな顔でやってきた。

「ツェリ様、アンナがしばらくお休みするそうです」

「え？」

ツェリシナがのんびりしていたら、ヒスイが紅茶を淹《い》れながら告げた。

アンナとは、ツェリシナの侍女のことだ。

「理由は聞いてる？」

「体調不良だそうです」

「それは心配ね……。ゆっくり休んでもらわなきゃ」

季節の変わり目ということもあり、体調が崩れやすいのだろう。こちらのことは気にせず、十分に休むよう伝えてほしいとヒスイに頼む。


ツェリシン村が軌道に乗り、毎日忙しくしているツェリシナ・リンクラート。

ローズピンクの瞳《ひとみ》は、侍女のことがあって心配の色を浮かべている。

白銀の美しい髪は、腰まであるストレートヘア。前髪部分を編み込み、サイドのお団子は黒と白のレースリボンと翡翠《ひすい》のチャームで飾っている。

侯爵家の娘であるツェリシナだが、実はここ——乙女ゲーム『アースガルズの乙女』の悪役令嬢になった転生者だ。


悪役令嬢ツェリシナの未来は二つ。

自分の婚約者とヒロインがハッピーエンドになれば、国外追放。

しかしバッドエンドになったら——死刑。

なんとも選択しづらい運命を抱えている。


紅茶を淹れてくれたのは、執事見習いのヒスイ。

柔らかな琥珀色《こはくいろ》の髪と、翡翠色の瞳。ツェリシナの執事見習いになって、一年が経《た》つ。最初はぎこちなかった言葉遣いも、今ではまったくその影を見せない。

そして、ツェリシナの素を知っている唯一の人物だ。


ヒスイは手帳を確認し、「アンナの代わりの侍女ですが……」と言葉を続ける。

本来ならば屋敷《やしき》にいるほかの使用人に頼めば事足りるのだが、ヒスイはせっかくだからと一人の女性の名前を口にする。

「オデットに頼むのはどうでしょう?」

「あ、それはいいわね!」

ツェリシナは手を叩《たた》いて、うんうんと頷《うなず》く。

オデットならば、以前アンナの下について屋敷で仕事をしたことがあるし、侍女見習いとしての勉強にもなるだろう。

＊＊＊

オデットに侍女として屋敷に来てもらい、数日――。

「すみません、なんだか体が重くて……」

なんと、オデットまでもが体調を崩してしまった。

普段から村ではてきぱきと働き、本人も病気になったことはほとんどありません！　と胸を張るほどだったのに。

ツェリシナは心配しながら、オデットをソファに座らせる。

「大丈夫ですか？　立っていると辛《つら》いでしょうから、楽にしてください」

「すみません……。ありがとうございます、ツェリシナ様」


ふかふかのソファに座り、申し訳なさそうにするオデット。

淡い栗色《くりいろ》の髪を三つ編みにしている、可愛《かわい》い女性。

元々はスラムで生活していた彼女だが、ツェリシナの侍女見習いとしてめきめき腕を上げていて頼りになる。

しかし今は、体調を崩して辛そうだ。


ヒスイがオデットを気遣うようにホットミルクを入れながら、首を傾《かし》げた。

「うーん……風邪がはやっているんですかね？」

「はやってる？」

ヒスイの言葉に、ツェリシナは驚く。

（忙しくてあまり気にしてなかったけど……確かに）

よくよく思い出してみると、屋敷の使用人が心なしか少なくなっているように思う。まさかみんな風邪だったなんて。

ヒスイの言葉には、オデットが頷いた。

「そうなんです。半分くらいの人が、具合が悪くて休んでいると聞きました」

「えっ、そんなにですか？」

あまりの多さに、ツェリシナはさらに驚く。

数人であれば、季節の変わり目だからとか、誰かからうつったのかとか、その程度で深くは考えないのだが……半数近くの人間がかかったとなると話は別だ。

（何か原因があるのかもしれない）

症状がお腹《なか》にきているのであれば、食中毒などを疑うのだけれど……オデットに話を聞いた限りだと、熱と体のだるさがほとんどだという。食欲は普通で、嘔吐《おうと》や下痢はない。

ゲームのときにこんなイベントはなかったので、そういった路線も除外。

（インフルエンザ的なのとか、感染症とか……そういうやつ？）

もしそうなら、屋敷の人間が全滅してしまう可能性もある。

しかし、アンナに触れられ、話をし、かなり近くにいたツェリシナはピンピンしている。ヒスイだって、アンナと関《かか》わることが比較的多かったはずだが特に変わった様子はない。

オデットだけが感染するというのも、不思議な話で。

（もちろん、偶然かもしれないけど……）

一応、食べ物や水は調べてみてもいいかもしれない。それで原因がわかれば、治療方針だって定まるはずだ。


ツェリシナは厨房《ちゅうぼう》へ行って食材などを調べ、屋敷の中を歩き変なガスがどこかから漏れていたり、流れてきたりしているのではないかと確認してみた。

しかし、何か問題があるようには思えない。

「異常はなさそうですね。それに、料理長が変な食材に気づかないわけないですし……」

「そうよね」

ヒスイのもっともな意見に、ツェリシナは頷く。

父や兄たちも原因を調べようとしているが、忙しいこともあって特定にはいたっていない。

これはもう自分たちだけではお手上げかもしれないとツェリシナが思ったとき、トーイが『わうっ！』と強く吠《ほ》えた。

「「トーイ？」」

『わふぅ！』

まるでついてこいと言わんばかりのトーイに、ツェリシナとヒスイは顔を見合わせる。トーイが言うのならば、きっとこの先に何かがあるのだろう。

首に結んだリボンがお洒落《しゃれ》で可愛い、神獣のトーイ。

真っ白の毛はふわふわで触り心地がよく、ついつい顔をうずめたくなってしまう。ヒスイと一緒に生活をしており、今はツェリシナを含め三人で行動することが多い。

トーイはこっちこっちと言うように、タタッと走る。

外へ出て、屋敷の裏側へ。どうやら、トーイが教えたい何かは屋敷の裏側にあるようだ。

(屋敷の裏もさっき見たけど……)

特に変わったことはなかった――そうツェリシナが思っていたら、トーイは一本の木の前で足を止めた。

それを見て、ツェリシナの思考が停止した。

「――え?」

ぞくりとしたものが背筋を駆けて、思わず一歩下がる。

よくないものだと、瞬間的にツェリシナの脳が判断したのだ。それはヒスイも同様だったようで、息を呑《の》む。

(植物はチェックしてなかったから、盲点だった)

いや、それよりも――

「どうしてこんな木が、庭に生えてるの?」

地面から生えたその木は……枝も、葉も、何もかもが黒かった。まるで、この世の理《ことわり》から逸《そ》れてしまったかのようで恐ろしい。

木はツェリシナの膝《ひざ》くらいまでの高さがあり、最近生えてきたのか大きいわけではないが……その異様な見た目がどうにも不安で仕方がなかった。

「トーイはこれを教えてくれたのね、ありがとう」

『わう！』

ツェリシナがお礼を言うと、トーイは嬉《うれ》しそうに尻尾《しっぽ》を振った。

神獣のトーイが教えてくれたということは、いいものか、よくないものか、その二択だろうとツェリシナは考える。今回のことは、おそらく後者だ。

ヒスイがゆっくり葉に触れて、「うわ」と嫌そうな声をあげた。そして目を細めて、じぃぃっと黒い木を睨《にら》みつけるように見る。

「これ……どこかで同じようなものを見た気がするんですよね」

「同じものを？」

「全く同じではなくて……雰囲気とか、そういうのが似ているというか」

いつだっただろうかと、ヒスイが頭を悩ませる。

思い出せずに悩んでいると、「どうしましたか？」と庭師が顔を見せた。彼は庭園の庭師頭なので、この真っ黒な木のことも把握しているはずだ。

ツェリシナは庭師に話を聞いてみる。

「この黒い木について教えていただきたいのですが……」

「ああ、その木ですか。珍しいでしょう」

「ええ」

庭師の褒めるような言葉に、ツェリシナは内心で苦笑しつつも頷く。確かに珍しくはあるかもしれないが、珍しければいいというものではない。

「実はこれ、突然生えてきたんですよ」

「え……」

てっきり庭師が手に入れて植えたものだとばかり考えていたので、ツェリシナは驚いた。これでは、この植物がどういったものかわからない。

（入手経路がわかれば、対処のしようもあるというのに）

もしかしたら、毒性のある植物……ということも考えられる。その場合は、この黒い木がどういったものかわかれば解決策も見つけやすいのだけれど……。

ツェリシナが焦りの色を浮かべると、庭師は慌てて言葉を続ける。

「一応、どういう経緯で生えたかは調べました」

「わかった……のですか？」

「おそらくではありますが……」

庭師は、真っ黒な木が生えてからのことを説明してくれた。

真っ黒な木という存在に気づいたのは、一枚の葉が出たときだった。こんなに見事な黒を見たことがなかったため、どうにも気になってしまったそうだ。

しかし庭師にはまったく心当たりがなかったので、使用人たち一人一人に、庭に何か埋めたりしなかったか？　と、確認したのだという。

「植えた人がいたのですか？」

「いいえ、植えた人はいなかったのですが……気になる話をアンナから聞いたんです」

「アンナから？」

今は体調を崩し、休みをもらっているが……よくよく思い出すと、アンナが最初に不調を訴えていた。

庭師は不思議そうにしながら、地面を指さした。

「ちょうど、ここら辺に……捨てたらしいんですよ」

「捨てた？」

「ええ。黒い、花びらを」

「黒い花びら……？」

確かに、黒ということを考えれば類似点はある。

単に枯れてしまった花などを処分したのだろうか、ツェリシナはそう考えて――ハッと目を見開いた。

（もしかして、その黒い花びら……って）

ヒスイを見ると、同じように目を見開いている。どうやら、ヒスイもツェリシナと同じことを考えたようだ。

ツェリシナはぐっと拳《こぶし》を握りしめる。

そういえばあの後、何も確認をしていなかった。だからあの黒い花びらは、きっとアンナが処分してくれたのだろう。

言葉を発することができないツェリシナの代わりに、ヒスイがそれは何かを告げた。

「ツェリ様の大樹に咲かせ、枯れ落ちてしまった――メリア様の黒い大樹の花びら……ですね」

＊＊＊

ツェリシナはヒスイと二人、書斎にこもって本を読《よ》み漁《あさ》っていた。その理由は、庭に生えた黒い木をどうにかするためだ。

確認し終わった本を積み上げ、ツェリシナはため息をついた。それはもう、深く長く。

「ツェリ様、私しかいないからってだらしなさすぎじゃないですか？」

「うぅ、だって……黒い木のことが書いてある本、まったくないんだもん！」

本を投げ飛ばしたいくらいだ。

そんなツェリシナを見て、ヒスイは苦笑する。これで普段は猫をかぶってお淑《しと》やかな令嬢を演じているのだから、おそれいる。今までよくばれなかったものだ。

しかし、ツェリシナの気持ちもわからないではない。

なんと黒い木は、抜くことができなかったのだ。

それならば周りの土ごと掘り返してみてはどうかと庭師に頼んだけれど、それも不可能だった。

初めは切って引っこ抜いてしまえばいいと結論を出したツェリシナだったが、どうにもこうにも切れない抜けない葉もちぎれない。

まさにお手上げ、だ。

体調不良にさせる怪しい黒い木が生えているなんてリンクラート家の評判にも関わるので、庭師には決して口外しないよう念押しをし、今は布をかぶせて見えないようにしてもらっている。

「屋敷《やしき》にないとすると、あとは神殿か、王城の図書館でしょうか？」

ヒスイが読み終わった本を積んで、息をついた。

ツェリシナも同じように、読んだ本を横に積んで……雪崩が起きた。それに一つため息をついて、肩をすくめる。

「……そうね。午後も特に予定はないから、行ってみましょう」

「はい」

＊＊＊

王城に併設された図書館は、貴族であれば自由に使うことが許されている。しかし、閲覧禁止エリアはあるため、すべての本を自由に読めるわけではない。

そう思いながら、ツェリシナはヒスイと二人でもくもくと本を読む。図書館なので、さすがにトーイは連れて来られなかった。

（閲覧禁止図書だと、手続きが面倒だから……自由区画にあってくれたらいいんだけど）

一冊、二冊、三冊……と、本が積みあがっていく。

大樹関係の本は多くあるが、そのどれもが小説であり、創作であることが多い。もしくは考察なのだが、それが事実に基づいているものは少ない。


数時間ほど経《た》ち、ツェリシナは息をついた。

その横には、最後の本が重ねられたところだ。

「ないですね……」

「そうですね……」

ツェリシナとヒスイは心の中でため息をつき、仕方がないと立ち上がる。これはもう、手続きをして閲覧禁止図書を確認するしかないだろう。

すぐに申請が通るわけではないので、閲覧できるのは早くて明日《あした》。

帰る前に司書に手続きの申請をしようとしたところで、ソラティークが図書館に入ってきた。ツェリシナを見つけると、すぐに花がほころぶような笑顔を見せる。

「ツェリ！」

「ソラティーク様……」


ツェリシナを見つけてはしゃいでいる、ソラティーク・リリ・アルバラード。

軍神テュールから加護を授かっているこの国の王太子で、ツェリシナの幼馴染《おさななじ》みで婚約者だ。

空色の髪を一つにまとめ、前に流している。ターコイズブルーの衣装は目を引くもので、ツェリシナにはいつも笑顔を見せてくれる。

ソラティークはこの乙女ゲームのメイン攻略対象キャラクターであり、ヒロインが恋心を寄せる相手でもある。

つまり、ソラティークがヒロインと結ばれなければ——ツェリシナは死亡エンドを迎える。

「エミリオが図書館でツェリを見たと言ってな。早く教えてくれたらよかったのに、仕事が終わるまで教えてくれなかったんだ」

「まあ……お疲れ様です、ソラティーク様」

ソラティークはツェリシナが図書館にいると聞いて、急いで来てくれたようだ。

ツェリシナもソラティークも忙しいため、あまり会う機会を作れていない。そのため、ソラティークは今、とてもとても嬉しいのだ。

しかしソラティークは、どこか疲れているようなツェリシナの表情に気づく。

「……図書館には、何を調べに来たんだ？」

「あ……」

ソラティークの問いかけに、ツェリシナは言葉に詰まる。

庭に黒い木が生えてきた、なんて……。間違いなく厄介ごとなのに、ソラティークを巻き込んでしまうのは申し訳ないと、そう考えてしまった。

黒い木のことを伝えたら、ソラティークは心配して協力を申し出てくるはずだ。

（ソラティーク様は忙しいいし、大事になる前にこっちで対処しちゃいたい……！）

しかし、ヒスイがさらっと理由を話してしまった。

「メリア様がツェリ様の大樹に咲かせたときの花びらから木が生えて、体調不良者が続出しているんです」

「ヒスイ！」

「は⁉　なんだそれは‼」

違う意味で驚いたツェリシナとソラティークの声が重なった。

「ツェリ？」

ソラティークは隠そうとしていたツェリシナに、にこりと笑顔を向ける。そんな大変なことを、なぜ相談しないのか？　と、その顔に書いてある。

「いえ、あの……その……」

しどろもどろになったツェリシナは、助けを求めるようにヒスイへ視線を向ける。ヒスイが黙っていれば、こんなことにはならなかったのに。

「遅かれ早かれソラティーク様のお耳には入る案件ですから、ちゃんとお話しするのがいいですよ」

「うぅ……っ」

ヒスイの正論に、ツェリシナはぐぅの音も出ない。

ツェリシナが何かに悩んでいて、その相談をされなかったらきっとソラティークは悲しむだろう。

ツェリシナは迷惑をかけたくないからと口を噤《つぐ》もうとしたが、ヒスイの方がソラティークのことをよくわかっていたようだ。

ツェリシナ、ヒスイ、ソラティークの三人は場所をゲストルームに移した。さすがに、図書館の入り口付近で騒ぐわけにはいかない。

ソラティークに順序立てて説明したところ、頭を抱えてしまった。そして王太子には似合わない、それはそれは長いため息をついた。

「いったいどこまで迷惑をかければ気が済むんだ、メリア嬢は」

遠慮なくため息をついたソラティークは、「ちょっと待て」と席を立った。そして一〇分ほどで戻ってくると、その手に古い文献を持っていた。

それは今風の豪華な装丁ではなく、ボロボロになった紙と、糸で繋《つな》いである本。かなり古いもののようで、雑に扱ったらすぐ崩れてしまいそうだ。

ソラティークは静かに本を開き、告げた。


「その黒い木は――おそらく、『咲かずの大樹』だろう」


咲かずの大樹とは、なんとも不穏な言葉だろうか。ツェリシナは思わず頭を抱えたくなったが、ぐっと我慢する。

（ソラティーク様の前では、お淑やかにしてなくちゃ）

何度か小さく深呼吸を繰り返し、ツェリシナは落ち着く。

目の前で開かれた文献には、黒い木の絵が描かれている。黒く、不吉な感じが絵から伝わってくるほどだ。

文字を追うと、黒い木――咲かずの大樹は、大樹と正反対の性質を持つようだと書かれている。

つまり、領地の天候は不安定になり、災害などが起きやすくなる。

予測の域を出ないのは、確証できるほどの事例がないからだろう。

(それより、対処の方法は⁉)

咲かずの大樹の被害がこれ以上出る前に、どうにかして撤去しなければならない。必死で読み進め、ページをめくるが――それ以上の内容はなかった。

絵があって、災害についての記述のみで……咲かずの大樹はたったの一ページだけ。

黙ってしまったツェリシナを見て、ソラティークは力なく首を振る。ソラティークも、これ以上の情報は何も持っていないのだ。

「ツェリの加護について調べたとき、大樹関係の本にはすべて目を通した。だが、咲かずの大樹に関しては……ほかに文献はなかった」

「そう……ですか」

これでは、咲かずの大樹が成長するのを黙って見ることになってしまう。

ほかに望みがあるとすれば、神殿関係にある書物だろうか。

小神殿に関しては以前ソラティークが調べているので、あるとすれば大神殿だが――リュカーリアの姿が脳裏をよぎり、なんとも行きづらさを感じる。

しかし、ソラティークも考えたことは同じようだ。

「解決の糸口を見つけるには、大神殿でなければ難しいかもしれないな……」

「そう、ですよね……」

神殿長であるリュカーリアからの婚約の申し入れは断ったが、あちらはまだあきらめた様子はない。

(ああでも、私の加護のことも話を聞かなきゃいけないんだった)

どっちみち会わなければ先へ進むことができそうになく、気が重い。

けれど、咲かずの大樹のことと自分の加護のこと、両方一度に話が済むと考えればまだ平穏は保たれるかもしれない。

屋敷へ戻ったら、すぐリュカーリアへ手紙を送ろうとツェリシナは予定を立てる。

「大神殿へは、近いうちに行ってまいります」

「ああ、それがいい。私も行きたいが……スケジュールの調整に時間がかかりそうだ」

すぐにスケジュールの調整を始めようとするソラティークを、ツェリシナは止める。

さすがに、ソラティークを長期間拘束するわけにはいかない。大神殿となると、片道だけでも馬車で一〇日ほどかかるのだ。

「わたくしなら大丈夫です。ソラティーク様はお仕事を優先してください」

「しかし……」

確かに発端はメリアの黒い花びらではあるが、元々はツェリシナとメリア、今はリンクラート家の庭に生えているので、リンクラート家の問題だ。

そこまでソラティークに甘えようとは、ツェリシナだって思ってはいない。

けれど、当のソラティークがしょぼんとしてしまっている。ツェリシナを一人で大神殿へ行かせることが不安なのだろう。

ツェリシナは微笑《ほほえ》んで、「大丈夫ですよ」ともう一度告げる。

「……すまない。婚約者だというのに、こんなときに一緒に行ってやれないなんて」

「そのお気持ちだけで充分です。行く前には父に相談しますから、おそらく兄がついてくると思います」

「それなら安心か……。だが、何かあればすぐに相談してくれ」

「はい。ありがとうございます、ソラティーク様」

ツェリシナが笑顔で頷《うなず》くと、ソラティークもほっとしたように表情を緩める。さすがに、内容が内容なだけに張りつめていたのだろう。

「次から次へ問題ばかりだが、はぁ……今回のことは、どのタイミングでメリア嬢の耳に入れるか判断が難しいな」

「メリア様は……」

ツェリシナが招かれた小神殿での事件以降、メリアはふさぎ込んでいるのだという。

小神殿から家へ戻ったそうだが、ショックが大きすぎて立ち直るにはもうしばらくかかるだろうと医者が言っているそうだ。

「自業自得ではあるが、さすがにあの事件はな……」

ソラティークはあまり話題にしたい内容ではないようで、それにはツェリシナも同意する。

「ひとまず、何か進捗《しんちょく》があれば報告するが……あまり期待はしない方がいいだろう」

「わかりました」

ツェリシナは頷き、やるせない気持ちになる。

（ゲームには、こんなシナリオはなかった）

どうなってしまうのだろうという不安を抱えながら、ツェリシナはヒスイを連れて王城のゲストルームを後にした。

＊＊＊

屋敷《やしき》へ戻ると、ツェリシナは家族での話し合いを行い、リュカーリアへ手紙を出した。内容は、咲かずの大樹に関することと、ツェリシナの加護について。

後は返事が来るのを待つだけだ。

大神殿へは、スケジュールを調整して兄のどちらかが一緒に来てくれることで話がまとまった。

（そういえば、ヘルはどうしてるんだろう）

大神殿の地下にいた、ラスボスのことを思い出す。

とはいっても、封印されているので正確にはまだラスボスではない。ツェリシナも、扉越しに会話をし、ヘルという名前を教えてもらっただけだ。

ただ……どうにかして彼がラスボスになる前に、救うことができたらいいのに……と、ツェリシナは考える。

「……ふう」

ソファに深く沈み込んで、ゆっくり深呼吸を繰り返す。ここ最近は、何かと考えることばかりだ。

「明日《あした》は村に行って、大樹に水をあげよう」

それから作物の収穫をして、子どもたちと遊んで……難しいことはいったん忘れて、体を動かすのもいいだろう。

しかし、オデットの体調も見なければいけない。

おそらく体調不良の原因は咲かずの大樹なのだが、まだ検証はされていないのだ。オデットはツェリン村で療養をする形になるので、体調に変化がないか確認する必要がある。

その結果を見て、ほかの使用人にも休暇を出す予定だ。

「次から次へと……やることがいっぱいだぁ」

考え事をしていたせいか、ツェリシナは疲れてそのままソファで眠りに落ちた。

＊＊＊

ツェリン村にやってきたツェリシナは、久しぶりに息苦しくない空気を吸った気がして、思いっきり伸びをする。

「んん～～っ！」

できることならば、このまま寝転んでしまいたい。大樹の周りの草花の上に寝たら、きっと気持ちいいだろう。

『わふっ！』

「あ、トーイずるい……っ」

まるでツェリシナの心の中を読んだかのように、トーイが柔らかな草花の上へ寝転んだ。気持ちよさそうに目を細めて、ぐぐ～っと伸びをしている。

（気持ちよさそう……）

トーイと一緒ならいいかな？　寝転んじゃおうかな？　なんてツェリシナが考えていると、「何してるんですか」と呆《あき》れたヒスイの声。

「ツェリ様、ジョウロに水を汲《く》んできましたよ」

「……ありがとう、ヒスイ」

恥ずかしいところを見られてしまった気がして、顔が赤くなる。ツェリシナは寝転がるのはやめ、立ち上がって大樹に水をあげる。

どんどん成長した大樹は、とっくにツェリシナの背を越し、今はいくつかの花を咲かせている。

それを見ると、どんな疲れも吹っ飛んでしまいそうだ。

大樹の幹にそっと触れて、ツェリシナは生命の鼓動を感じる。この大樹に黒い花が咲いたときはもう終わりかと思ったが、元気に成長してくれてとても嬉《うれ》しい。

このまま、もっともっと大きくなってくれたらいいとツェリシナは思う。

すると、ツェリシナの頭の中にファンファーレが鳴り響いた。

《ピロン！　大樹レベルが上がりました！》

《ピロン！　大樹レベルが上がりました！》

✦ツェリシナ・リンクラート✦

UP! **所有大樹**:Lv.10
守護神獣:トーイ
所有領地:アルバラード王国リンクラート領第二地区
UP! **領民**:100人 ⬆

大樹スキル

NEW! **領民の祈り**
:大樹の周りに泉ができる
豊穣《ほうじょう》の加護 Lv.4
:大樹の半径5キロメートルの作物がよく育ち、土の品質アップ
甘い蜜 Lv.2
:大樹が甘い蜜を発し、蝶々《ちょうちょう》・蜂《はち》を惹《ひ》きつける
魔除《まよ》けの加護 Lv.3
:大樹の半径5キロメートルは魔物が来ない

原初の大樹:収穫量がアップ
領地命名:収穫量がアップ
領地の名物:領地の知名度がアップ
一撃必殺:攻撃力がアップ
寄付の心:神殿ショップ利用可
領地の子:領民の体力がアップ
祈りの心:領民の耐性がアップ
神殿の祝福:作物の収穫量がアップ

「えっ⁉」

いつもと違う様子に何事かと身構え、しかしすぐその理由に気づく。大樹がレベル10になり、イベントが起きようとしているのだ。

思わず反射的にガッツポーズを取ってしまった。

「ツェリ様？」

ヒスイが不思議そうな顔をしてこちらを見てきたので、「なんでもない～！」と手を振り笑って誤魔化す。

この音が聞こえるのは、ツェリシナだけだ。ヒスイにジョウロを片付けてもらい、その間に村の現状を確認する。

「アースガルズシステム、【起動】」

大樹レベルが二つ上がって、10になっている。

レベル9の条件は領民が一〇〇人を超

えること。レベル10の条件は、大樹を育て始めて一年が経過することだ。

あっという間だったけれど、もう一年も経《た》ったのかと思うとなんとも感慨深い。

領民がいつの間にか一〇〇人になっているのは、ほかの町や村からツェリン村に移住者がやってきたためだ。

ツェリン村は珍しい美味《おい》しいお菓子に、蜂蜜《はちみつ》やツェリシナのブランド『ツェルール・ハニー』発祥の地であるため、憧《あこが》れる人が多いというのも理由の一つ。

今の時期になって突然移住者が増えたのは、冬が終わって春がやってきたからだろう。雪が解け、移動しやすい春は人の動きが活発になる。

鍛冶《かじ》師や大工、服飾の職人をはじめ、料理人もやってきて飲食物の販売をしてくれている。一気にいろいろと動き出し、ツェリシナの把握が届かなくなってしまいそうなくらいだ。

さらに、兵士だった人たちも何人かいて、村の守りもより強固になった。

「ここまで立派に成長してくれてありがとう、私の大樹」

世界一の大樹を目指して、これからも大切に育てていこうとツェリシナは思う。


――さて。

大樹はレベル10ごとにイベントが起きる。発生条件は、レベルが上がって、プレイヤーが大樹に触れること。

つまり今、ツェリシナが大樹に触れるとイベントが発生するということになる。

(最初のイベントは、大樹の周りに泉ができる……っていうやつだったわよね)

泉ができると大樹の周囲の植物に水をあげることが楽になるし、とても澄んでいるので飲み水としても使用することができる。

さらにはイベント発生時、小動物が集まってきてお祝いしてくれるのだ。リスがドングリを持ってきてくれたり、猫が魚をくわえてきたりと、可愛《かわい》いびっくりな楽しいイベントだ。

(それを攻略対象と一緒に見ると、好感度が上がるんだよね)

しかしツェリシナは悪役令嬢なので、誰かの好感度が上がったりはしないだろう。

とはいえ、変にソラティークの好感度が上がってしまったら大変なので、彼がいないときに行うつもりだ。

でなければ、ソラティークとメリアがハッピーエンドにならず、ツェリシナが死刑エンドになってしまうかもしれない。

本当であれば、今さっと済ませてしまえばいいのだが……さすがにそうもいかない。

すると、ジョウロを片付けたヒスイが戻ってきた。

「お待たせしました、ツェリ様」

「ありがとう、ヒスイ。……ヒスイ、気づいていましたか？」

「？　何をです？」

ヒスイがわからないと首を傾《かし》げたので、ツェリシナはにんまり笑う。

「今日は、大樹を植えてからちょうど一年なんですよ」

「え？　あ……っ！」

ツェリシナの言葉を聞いて、ヒスイはうっかりしていたと頭を抱える。思い返せば、確かに一年前の今日、ここに大樹を植えたのだ。

最近は忙しさに追われて、すっかり忘れていたようだ。

「すみません、私としたことが……」

「ふふっ、ヒスイでもうっかりがあるのね。せっかくなので、ツェリン村のみんなでお祝いをするのはどうでしょう？」

「いいと思います！」

すぐにヒスイが頷《うなず》き賛成してくれたのだが、口元に手を当てて悩み始めてしまった。

「ヒスイ？」

「……いいえ。本当であれば、準備に数日かけてちゃんとしたお祝いにしたいと思ったんですけど、今日でちょうど一年なので……」

今日中《じゅう》になんとかならないか、頭を悩ませていたようだ。その気遣いが嬉しく、いい執事を持ったとツェリシナは感動する。

しかし、ツェリシナとしてはそこまで大きなお祝いにしなくてもいいと思っている。

一周年のお祝いとはいえ、ツェリン村はまだまだ発展途上で、ないものの方が多い。無理に背伸びをせずとも、美味しいご飯を食べてみんなで村のことを語らえればいいのだ。

「今のわたくしたちにちょうどいい、そんなお祝いをすればいいんですよ」

「……そうですね。では、その旨をみんなに伝え――」

伝えましょうと、ヒスイが言い終わるよりも前に、「その話は聞かせてもらいましたよ！」とガッツが姿を見せた。嬉しいようで、瞳《ひとみ》が潤んでいる。

「すぐに宴《うたげ》の準備をします！」

「ガッツさん……！　ありがとうございます。ですが、時間もそんなにないので、無理はしないでくださいね？」

「もちろんです！」


一周年のお祝いにわくわくしている、ツェリン村のガッツ。

白のバンダナを頭に巻いた、あご鬚《ひげ》の似合う三〇代だ。働き盛りで、村ではリーダー的立ち位置にいる。


ガッツは「祭りをするぞ～！」と言いながら、村の中を駆け回ってくれた。

すぐに「え!?」「詳しく！」「それはピコット商会が一肌脱がねば！」など、たくさんの声が聞こえてくる。

「大樹を植えて一年!?　盛大にやるしかないですよっ！」

「酒を用意するんじゃ～！」

「ジュースも飲もう！」

どうやら楽しいお祭りになりそうだ。

＊＊＊

夕方になると、大樹の周囲は賑《にぎ》やかになってきた。テーブルにはたくさんの料理が並び、ピコット商会が花やランプで村を装飾してくれている。

特別な日、という印象を受けることができるだろう。

ツェリシナはそわそわしながら、村の中を歩く。横にはヒスイとトーイもいて、キラキラした目で準備を見ている。

「この短時間でここまで準備ができるとは思いませんでした。すごいですね」

「はい！　これから今日が、毎年ツェリン村の記念日になるんですね」

『わふっ！』

ずっとお祝いをしていけるということが、ヒスイは嬉しいようだ。

お祭りの準備をしてくれたみんなも、とっても楽しそうだ。ずっと笑顔で、ツェリン村のことや大樹のことを話している。

（これは気合を入れて大樹を育てなきゃいけないわね！）

ツェリシナも気合が入るというものだ。

たとえ追放エンドになってしまっても、この村だけは守りたい……！

しかし現実問題、本当にゲーム通りのエンディングになるだろうか？　という疑問も……なくはない。

ツェリシナという存在のせいか、ゲームの内容に差異が出ているからだ。

とはいえ、実際どうなるかはわからないし、ゲームの強制力のようなものがあれば、現状は関係ないかもしれない。

難しい問題だと、ツェリシナは小さくため息をつく。

「とりあえずお祝いの準備は問題なさそうなので、いったん屋敷《やしき》に戻りますか？」

「そうですね」

ヒスイの言う屋敷とは、ツェリン村にあるツェリシナの屋敷のことだ。今はオデットが休んでいるので、体調の確認もしたい。


村を一周して屋敷に戻ると、オデットがせっせと屋敷の前で掃き掃除をしていた。

「「オデット⁉」」

『わふう⁉』

「あ！　お帰りなさいませ、ツェリシナ様！」

驚くツェリシナとヒスイとトーイをよそに、オデットは元気いっぱいだ。ツェリン村に着くまでは馬車の中でぐったりしていたのだが……。

「さっきガッツに聞いたんですが、今日はお祭りなんですね！　大樹を植えてからもう一年が経ったなんて、早いですね」

嬉《うれ》しそうに話すオデットだが、ツェリシナはいやいやいやと首を振る。

「オデット、まだ寝ていた方がいいと思うのですが……」

「それがすっかり元気になってしまって」

今まで休んでいたので、もう寝るのは飽きちゃいました！　と、オデットが笑う。休んでいた分、体を動かしたいようだ。

（やっぱり咲かずの大樹が原因だったから？）

離れたら体調不良が治るようだ。

それで症状が改善するのであれば、早急に咲かずの大樹の処理が必要だろう。しかし、ツェリシナに打てる手はない。

（大神殿に行くのは気が重いけど……）

今ばかりは早くリュカーリアから返事がくればいいと、そう思った。

＊＊＊

陽《ひ》が沈む前に、一周年記念のお祝いの準備が整った。

大樹の周りには多くの村人がいて、思い思いに大樹を眺めている。その表情はみんな幸せそうで、大樹に祈っている人もいる。

ツェリシナが大樹の前に行くと、人々の視線が集まった。

「突然だったにもかかわらず、集まってくださってありがとうございます。……本日は、ここに大樹を植えてちょうど一年です」

最初にツェリン村を作ったアントンやガッツ、オデットやレオなどは目に涙を浮かべている。自分たちがここまでくるとは、きっと思っていなかったのだろう。

スラムから出てきた少人数が住み始めたこの場所が、村になるなんて……誰が想像していただろうか。

彼らにとって、ツェリシナは救いの女神だった。

「ツェリン村がここまで大きくなったのは、みなさんの助けがあったからこそです。そしてこれからも、ツェリン村はみなさんの力で大きくなっていくでしょう。心から、お礼を言いたいです。本当に、ありがとうございます」

ツェリシナはゆっくり深呼吸をし、視線を大樹へ向ける。

「そして、ずっとツェリン村を見守ってくれていた大樹にも感謝しています。みなさん。どうか、わたくしと一緒に大樹へ祈りを捧《ささ》げてはくれませんか?」

ゆっくりした言葉で語りかけると、話を聞いていた人はみんな頷いてくれた。すぐに手を組んで、大樹への感謝を示している。

「――では、祈りましょう」

ツェリシナはそう言うと、大樹へ触れる。それによって、大樹がレベル10になったイベントが始まるのだ。

「え……っ」

それは、ヒスイの驚いた声を合図にするかのように、すぐに始まった。

大樹の根元から水が湧《わ》き出て、すぐに広がり泉を作った。風に乗った花がひらりと水面を揺らし、誰もがその神秘的な光景に息を呑《の》む。

すぐにどこからともなく動物たちがやってきて、泉の水を飲み、そのお礼とばかりに木の実や花などを置いていった。

大樹はよりきらめきを増し、今まで以上にこの村を守ってくれていると……そんな風に感じずにはいられない。


「これは……奇跡か？」

誰かの声に、全員が「奇跡だ……！」と言葉を返す。

大樹が水の恵みをもたらしたなんて話は、そう聞くものではないだろう。

おそらくどの大樹でもレベルのような概念はあるだろうが、レベル２の条件の『大樹の周囲に作物を植える』なんてことをしている領主はいないからだ。

「泉が湧き出ている大樹なんて、私は見たことがありません……」

呼吸するのも忘れてしまいそうなほど、すごい光景だと……ニコラスは感動に震えながら言う。

彼は商人として、他国も含めていろいろな場所へ行くことが多いため、ここにいる誰よりも様々な大樹を見ているだろう。

ニコラスの言葉に、ガッツが息を呑む。

「っていうと、泉がある大樹は……」

「おそらく、ここ以外にはないと思います。もしあれば、私の耳に入ってくるでしょうから」

「すげぇ……」

ガッツはただただ思った言葉を口から発して、大樹を見つめる。そんなにすごい大樹が、自分たちの村にあるのだ。

――ああ、誇らしい。

「俺たちも、この大樹に相応《ふさわ》しくならないといけないな」

ツェリシナが胸を張り、自慢の領民だと言えるようになりたい。

ガッツは洟《はな》をすすって、大きく深呼吸する。嬉しくて、気を抜くと涙が出てしまいそうだ。

ニコラスもガッツの言葉に頷いて、「はい」と大きな声で頷く。しかしその瞳からは、ガッツと違って大粒の涙が流れている。

「ツェリン村は、もっともっと大きくなります。私たちも、それに恥じないように頑張りましょう！」

「ああ！」

「私たちだって、頑張るよ！」

ニコラスの言葉にガッツが答えると、子どもたちも話に入ってきた。みんなツェリン村が大好きで、大切なのだ。

そんな子どもたちを見て、未来を夢見ることができるのはいいことだと頬《ほお》を緩めた。スラムにいたころは、夢なんて本当に叶《かな》わぬものだったからだ。

「みんな嬉しそうで、よかったです」

村人たちの様子を見たツェリシナは、ほっと胸を撫《な》でおろす。全員がツェリン村と大樹を大切にしてくれていることが、とても伝わってくる。

しかしにこにこ顔のツェリシナと違い、ヒスイは戸惑いが隠せない。

「なんですか、これ……すごすぎて、なんて言ったらいいかわかりません」

ヒスイは「知っていたんですか？」と、疑うような目でツェリシナのことを見てくる。もちろんツェリシナは知っていたが、「内緒です」とくすりと微笑《ほほえ》む。

「これで作物に水をあげるのが楽になりますね」

「気軽に大樹の恵みを畑の水やりに使おうなんて言えるのは、きっと世界中を探してもツェリ様くらいですよ……」

やれやれといった感じで、ヒスイは肩をすくめる。

大樹の下へ来るフラワービーから採取する蜂蜜《はちみつ》だって、まだ販売が始まってもいない。だというのに、自分の主人はこれから一体何をやらかしていくのだろうか……と。

ヒスイは「しばらく大変な日々が続きそうですね」と呟《つぶや》くのだった。

閑話　黒い花びら――アンナ

平民の私が侯爵家の令嬢の侍女になれたのは、かなり幸運でした。本来ならば人気の職で、下級貴族の令嬢が就いてもおかしくはない仕事だったからです。

けれど、それには理由がありました。

私が仕えるお嬢様は、『加護なし』令嬢だったからです。

加護のない人に仕えるなんてとんでもないと、貴族たちは言ったそうです。自分も加護なしがうつってしまったら大変だから……と。

そんなこと、あるわけないのに……。

ツェリシナ様に付き添い登城した先で、何度か耳にしたことがある言葉。正直、私は馬鹿《ばか》なんじゃないのか？　と、思ってしまいました。

いいえ、実際かなりのお馬鹿さんなのでしょうね。

私はしっかり仕事をこなし、ツェリシナ様を支えよう。そう思い、ずっと仕えてきました。それはこれからも変わらない。

そう思っていたのですが――

「まさか、こんなに体調を崩す日がくるとは思いませんでした……」

体がだるく、歩くのが億劫《おっくう》です。大袈裟《おおげさ》ですが、生きる希望がない……と、そんな風に思ってしまう。そんなこと、考えたことなかったのに。

これほど体調が悪いのは、生まれて初めてです。

風邪を引いたときはいつも気合を入れて一晩で治していたのに、かなり厄介そうです。仕方なくお休みをいただきました。

＊＊＊

「え、オデットも体調不良？」

「そうなのよ。ほかの使用人たちも、しばらく休暇を取るようにって……。まあ、最低限は屋敷《やしき》に残るみたいだけど」

メイドをしている同僚のマリエの言葉に、私は目を見開きました。

だって、今までこんなことは起こったことはなかったからです。

事業に失敗した貴族が夜逃げをした……なんていう話は聞いたこともありますが、リンクラート家に限ってそれはないでしょう。

私が理由を考えていると、マリエは「やっぱり体調不良が原因かしら」と呟きました。

「え？」

「体調を崩してる使用人が多いのよね。アンナだってそうだし、オデットも。ほかにも、何人もの使用人が体調を崩して休んでるわ」

「そんなに……」

マリエの話によると、私が体調を崩したころから少しずつ不調の者が出始めたようです。単なる風邪かと思っていたけれど、どうやらそうではないみたいですね。

――だから、最低限の使用人を残して暇を出しているのね。

しかもよくよく話を聞くと、休暇中も全額の給料が出るという好待遇でした。普通そんなことは考えられません。これなら、休暇中にそのまま辞める使用人もいないでしょう。

ツェリシナ様の体調は大丈夫でしょうか？

屋敷中《やしきじゅう》で体調不良が出ているのであれば、一番心配なのは旦那様《だんなさま》やツェリシナ様のことです。すぐにでも様子を見に行きたいのに、いけない体がどうしようもなくもどかしい。

「ツェリシナ様は大丈夫？」

「ええ、お元気よ」

「よかった……」

アンナの返事に、私はほっとしました。風邪なのかはわからないけれど、もしうつってしまっていたら大変でした。

すると、マリエが「そういえば……」と噂話《うわさばなし》のようなものを口にしました。

「なんでも、裏庭に行くと体調が悪化するらしいわよ」

「裏庭に？」

いったいなぜ？　と、私は首を傾《かし》げる。

しかし理由はわかっていないようで、マリエは肩をすくめました。

「言ったでしょ、噂だもの。裏庭だから、なんとなく気が沈むとか、そんなことじゃないの？　日陰の場所も多いしね」

「ああ……」

疲れて休憩をするために裏庭へ行く使用人もいるため、精神的にそう思うのだろうというのがこの噂の結論のようです。

――裏庭といえば……。

ふと、私は五ヶ月ほど前のことを思い出しました。

ツェリシナ様の服のポケットに入っていた、黒い花びらを裏庭に捨てました。どうして今、こんなことを思い出してしまったのでしょう。

無性に気になって仕方がなくなります。

「ま、とりあえずアンナはしっかり休みなさい」

「ありがとう、マリエ」

休暇などに関する説明を終えたマリエは、自分も久しぶりに実家へ帰るのだと言って部屋を出て行きました。

「………」

けれど私は、黒い花びらのことで頭がいっぱいになってしまっていたのです。

＊＊＊

――夜。

私は昼間のことが気になってしまい、噂の裏庭にやってきました。

裏庭が原因で体調が悪化するなんて不思議なこと、ないと思いますが……自分で確認しなければという思いに駆られてしまったのです。

すると――

「うぅ、気持ち悪い……っ！」

ただの噂、そう一蹴《いっしゅう》できないほどの体のだるさに襲われて、驚くを通りこしてしゃがみ込みたくなりました。

まさか、そんなことがあるの？　そう思いつつ、重い体を引きずるように歩き、黒い花びらを捨てた場所へとやってきました。

花びらを捨てた場所は、何かに布がかぶされ、ロープでぐるぐる巻きになっていました。

「何、これ……？」

いったい何事だろうと思いつつ、そっと中を覗《のぞ》いてみます。何か変なものでも置いてあるのだろうか？　と――！

「え、なに……これ……」

覗いてみた布の中にあったのは、黒い木。

異質、という言葉がしっくりくるでしょうか。いいえ、そんな、言葉で表せられるようなものではありません。

嫌な汗が背中を伝って、呼吸が速くなります。

――これは、何？

自分が捨てた、あの黒い花びらが……木になったとでもいうのでしょうか。

まるで封印するかのように布で覆われ、誰の目にも触れさせないような……そんな意図を感じてしまいます。

「……って、間違いなく隠そうとしているのよね」

私は頭を抱えて、その場にうずくまります。どう考えても、これは私が花びらを捨ててしまったせいでしょうね。

真っ黒な花びらを捨てたところに生えている、真っ黒な木。

「どうしてツェリシナ様に確認しなかったのかしら、私の馬鹿」

ただの花びらだと思って裏庭に捨ててしまった、そう判断してしまったことを悔やんでも悔やみきれません。

あの時期はツェリン村で畑を含めいろいろ作業をしていると聞いていたので、たまたまポケットに入れたのだろう……と。安易にそう判断してしまいました。

できることならば時間を戻したいと、私は切にそう願うしかありませんでした。

＊＊＊

「ツェリシナ様、大変申し訳ございませんでした」

辛《つら》い体に鞭《むち》を打ち、私はツェリシナ様の部屋を訪ねて頭を下げた。いくら謝罪をしても許されるものではないが、そうすることしか私にできることはなかったからです。

しかし、ツェリシナ様は綺麗《きれい》なローズピンクの瞳《ひとみ》を瞬《しばた》かせて、首を傾げました。

「アンナの謝罪に、心当たりがないのですが」

そう言って微笑《ほほえ》むツェリシナ様は、私のことを叱《しか》ろうとは微塵《みじん》も考えていないようです。

ここでツェリシナ様の言葉に甘えることはもちろんできますが、それはツェリシナ様の侍女としての矜持《きょうじ》が許しません。

きっとこの先、心からツェリシナ様に仕えることができなくなってしまうでしょう。

だから私は、正直に話をします。

私を思い気遣ってくださったことに、感謝をしながら。

「裏庭の、黒い木のことです。……あそこは、私がツェリシナ様のポケットに入っていた黒い花を捨てた場所でした」

「…………」

ツェリシナ様の眉《まゆ》がわずかに下がり、ゆっくり瞳を閉じた。どうするべきか、思案しているのでしょう。

「下手に誤魔化さない方がいいみたいですね。確かにあれは、黒い花びらから生えたようです。ですが、それはアンナのせいではないのですよ」

「え……？」

なぜ――？　と、私はツェリシナ様を見る。どう考えても、花びらを裏庭に捨てた私が悪いというのに。

「あれは、わたくしが持ち帰ったものです。ですので、すべての責任はわたくしにあります」

「いえ、花びらを捨てなければ発芽することもなかったはずです！」

だからけして、ツェリシナ様のせいではないのに。私が叫ぶと、ツェリシナ様は優しい声で「違いますよ」と微笑んだ。

「あの黒い花びらのことは、わたくしもほとんど知りません。ですが、あれはとても強力なものですから、木になるための場所はどこでもよかったのでしょう」

だからあのままだと、ポケットの中で芽を出し成長していただろうとツェリシナ様はおっしゃいました。

確かに、その推測も納得できます。だって本来、花びらから何かが生えてくることなんてあるわけないのですから。

私が手をぎゅっと握ると、ツェリシナ様は安心させるように何度も「大丈夫ですよ」と言ってくれます。お優しすぎます。

「大神殿へ行き、お話を伺ってきますから。そうしたら、すべて解決します」

「…………ですが」

「だから大丈夫、笑ってください。アンナにそんな顔は似合いませんから」

「……はい」

大粒の涙を流している私には、頷《うなず》くことが精いっぱいでした。

2 ツェリシナの加護

馬車に揺られて一〇日、そろそろ大神殿に着くころだ。

今回の滞在は、三日間を予定している。本来ならば旅の疲れもあるのでもう少しゆっくりしたスケジュールを組むのだが、今はあまり家を離れるわけにはいかない。

もう春の季節が終わろうとしており、リンクラート家の裏庭に生えた咲かずの大樹は、さらに一〇センチメートルほど成長しかなり問題になっていた。


ツェリシナが出発する日、咲かずの大樹の周りの草が黒くなっていたのを確認した。まるで感染していっているような光景は、見ただけで不安になる。

体調不良者も増えたが、崩さずいつも通りの者たちもいた。その理由は、加護の強さによるものだろうという見解だ。

そのため、神々の加護を授かっているツェリシナやヒスイにはまったく影響がない。庭師なども平気にしていたが、精霊の加護でも他者より強かったのだろう。

とはいえ、咲かずの大樹から離れた方がいいのは確かだ。侯爵であるベイセルが咲かずの大樹を放置し屋敷《やしき》を離れるわけにはいかないが、母のローラはハルミルの町へ移動している。

それから、リュカーリアから手紙の返事がきた。

（長かった……）

ツェリシナは安堵《あんど》に似た息をつく。

手紙には、ツェリシナの加護に関する話もすると書かれていた。咲かずの大樹のことだけではなく、今回の訪問ではいろいろなことがわかりそうだ。

「神妙な顔をしているね、ツェリ」

「……アーサルジュお兄様」

向かいに座っていたアーサルジュの言葉に、ツェリシナは顔を上げる。


心配そうに声をかけてくれたのは、アーサルジュ・リンクラート。

柔らかく微笑む青年は、ツェリシナの兄だ。

色素の薄い金色の髪と、優しげなベビーピンクの瞳。

朝から晩まで王城で文官の仕事をしており、ツェリシナとは顔を合わす機会があまりない。今回の大神殿訪問は、実はアーサルジュの休暇も兼ねていたりするのだ。


アーサルジュは「眉間《みけん》に皺《しわ》が寄っているよ？」と、くすくす笑いながらツェリシナのおでこに人差し指を当ててきた。そのままぐるぐる円を描くように、マッサージをしてくれる。

「とはいえ、ツェリの気持ちはよくわかるよ。咲かずの大樹をどうにかしなければ、我が家は立ち行かなくなってしまう」

「……っ、はい」

厳しい言葉に、ツェリシナは膝《ひざ》にのせていた手をぎゅっと握りしめ、さらに眉間に皺を寄せる。

それを見て、アーサルジュは微笑んだ。

「大丈夫。リュカーリア様なら、きっと解決策をご存じだよ」

「だと、いいのですが」

どうにも落ち着かないのだと、ツェリシナは力なく微笑んだ。

＊＊＊

大神殿に着くと、それぞれにゲストルームが用意された。

同行しているヒスイとオデットが部屋を整え、ツェリシナはその間にアーサルジュと打ち合わせを行う。

到着早々だが、リュカーリアから晩餐《ばんさん》に招待されているのだ。

「確認することは、咲かずの大樹のことと、ツェリの加護のこと、この二つでいいね？」

「はい」

アーサルジュの言葉に、ツェリシナは頷く。

「もう少し時間に余裕があれば、もっといろいろな話ができたんだけど……それはまた、機会があることを祈るしかないね」

「そうですね」

アーサルジュは大樹のことや加護の力の使い方以外にも、アルバラード王国として親交も持ちたいようだが……あいにくリュカーリアは多忙で、そこまで時間を取ってもらうのは難しそうだ。

もちろん、晩餐もあるし余裕があるならいろいろと話をしてみたいとは考えているだろう。しかしツェリシナは、最低限の関《かか》わりでいいと思っている。

（あの事があるから……）

極力話をしたくはない、とも思っている。

あの事というのは、リュカーリアからツェリシナへ婚約の申し入れがあったことだ。正式に断りはしているのだが、どうにもリュカーリアはあきらめていない節がある。

隙《すき》を見せたら、一気に攻められてしまいそうな……そんな気がしてしまうのだ。

なので、ツェリシナとしてはアーサルジュが一緒に来てくれたことは、とても心強いのだ。


オデットに手伝ってもらい、ツェリシナは晩餐会用のドレスに着替えた。

ドレスは水色を基調にした落ち着いた色合いに、ベビーピンクの差し色。袖《そで》の部分は長いレースが使われていて、ツェリシナをより上品に見せている。

晩餐会の食堂へ足を運ぶと、すでにリュカーリアが待っていた。

「お久しぶりです、ツェリシナ様」

「お久しぶりです、リュカーリア様。お待たせしてしまって申し訳ありません……」

ツェリシナが挨拶《あいさつ》すると、リュカーリアは嬉《うれ》しそうに微笑む。前回会ったときは、用事があるためあまり時間も取れなかったからだろう。

とはいえ、ツェリシナとしてはなかなか苦手意識が消えない。何を考えているかわからない、この笑みが苦手なのだ。

(うぅ、リュカーリア様の前では油断しちゃ駄目！　絶対‼)


神殿のトップ、神殿長のリュカーリア・アースガルズ。

肩下まである金色の髪と、同じ色の落ち着いた瞳。中央で分けた前髪からは、リュカーリアが加護を授かっている光の神バルドルの祝福の印がある。

加護の力は絶大で、歴代の神殿長の中でもトップクラスなのだという。ツェリシナにも何度か加護の力を使う手ほどきをしてくれた。


リュカーリアがアーサルジュに視線を向けたのを見て、ツェリシナが紹介する。

「わたくしの兄です。今回は同行の許可をいただき、ありがとうございます」

「リンクラート家次男、アーサルジュ・リンクラートです。お時間をいただきまして、ありがとうございます」

「神殿長をしております、リュカーリアです。遠いところ、ご足労いただきありがとうございます。お会いできたことに、感謝いたします」

互いに挨拶をし、席に着いた。

用意された料理に口をつけながら、雑談をする。とはいっても、腹の探り合いに近いかもしれないけれど。

特にアーサルジュはリュカーリアと初めて会うので、どんな人物か気になるのだろう。

「実は、気になっていることがあるんですよ」

「なんでしょう……？」

リュカーリアの切り出した言葉に、ツェリシナは首を傾《かし》げる。すると、リュカーリアが楽しそうに口を開いた。

「ツェリシナ様が育てている大樹を、ぜひ拝見したいと思っておりまして」

「――！」

そんなことを言われるとは思ってもみなくて、料理を食べていたツェリシナの手が止まる。

（確かに、大樹といえば神殿の管轄……）

確認したいということは、よくわかる。けれど、別にそれは神殿長のリュカーリアがわざわざ足を運ぶ必要もないように思う。


この世界にある大神殿とは、『アースガルズ』の中心にあるとされている。アースガルズとは、この世界の名前だ。

大樹があり、そこに神殿が建ち、リュカーリアをはじめとする多くの神官と巫女《みこ》がいる。祭っているのは大樹と、人間に祝福を与える神々と精霊たちだ。

大神殿を中心に五つの国があり、各国には一つずつ小神殿がある。

さらに、領地ごとに大樹がある。

領地の大樹は、大神殿にある大樹の枝から芽吹いたものだ。つまり、各国の領地にある大樹は、ツェリン村を除き大神殿の大樹からの挿し木なのだ。

大樹がどこにあるか、成長しているのか、などの把握を行ってはいるが、大神殿は厳密な管理はしていない。それは、大樹が何かによって縛られるものではないから……ということのようだ。

大樹の育て方や、何かあった際は助けを求めれば手を貸してくれるかもしれないが、神殿サイドが自発的に何かをすることはない。たとえ大樹が枯れてしまったとしても、だ。

それもきっと、大樹の御心《みこころ》のままなのだろう。


ツェリシナはなんと返事をするのがいいだろうかと、頭の中で思考を巡らせる。リュカーリア相手に、下手なことは言えないのだ。

「……まだ、できて一年の小さな村です。とてもではないですが、リュカーリア様をおもてなしするだけの準備ができないのです」

だから今はあきらめてくれないだろうかと、ツェリシナは申し訳なさそうに微笑《ほほえ》む。しかしリュカーリアは、「いいえ」と首を振った。

「私はまだまだ若造ですから、もてなしなど必要ありません」

「……っ」

(しまった——！)

どうやら返答を間違えてしまったようだ。嫌な汗が流れ、ツェリシナはどうしたものかと考えるが、いい解決策が思い浮かばない。

（リュカーリア様とは、あまり関わりたくないのに……っ！）

ツェリシナがどうしようどうしようと頭の中で考えていたら、アーサルジュが助け船を出してくれた。

「神殿長であるリュカーリア様に大樹を見ていただけるなんて、そんな嬉しいことはありません。ですが今は、もう一つの問題を早急に解決したいのです」

「ああ、そうでしたね。すみません、私としたことが」

リュカーリアは苦笑して、アーサルジュの言葉に頷いた。どうやら、ツェリン村への訪問はあきらめてくれたようだ。

（お兄様ありがとう〜〜！）

ツェリシナは心の中で盛大に感謝を贈った。


食事が終わると、食後のティータイムになった。リュカーリアも今日はもう予定がないということで、ゆっくりできるようだ。

「ツェリシナ様は、その後の調子などはいかがですか？　加護の力を、感じやすくなっているといいのですが」

リュカーリアの言葉に、ツェリシナは苦笑する。

（一応、毎日お祈りっぽいことはしてるんだけど……）

「ほとんど進展がなくて……」

実はどうしたらいいか、お手上げ状態だったりするのだ。

そのため、今回リュカーリアにしてもらう女神の説明で何か得られるものがあればいいと考えている。知りたいことが、山のようにあるのだ。

「ここにいる間に、何か気づきがあるよう私も協力させていただきます」

「ありがとうございます」

ツェリシナはお礼を言い、大神殿の滞在中のことを考える。もし可能であれば、空いている時間や夜などに大神殿にある本を読みたいと思っていたからだ。

(でも、たぶん一般人が入れるところじゃほしい情報はないんだよね……)

「大神殿に滞在している間、本を読みたいと思っているのですが……開放されている図書以外のものを、わたくしが閲覧することは可能でしょうか」

「本、ですか……」

リュカーリアは考えるように口元に指をあて、「ものによります」と告げた。

「どのようなものを読みたいのですか?」

「大樹や加護のことは可能な限り知りたいと思っていますが、ひとまずは……咲かずの大樹のことを、わたくしも自分で知っておきたいのです」

リュカーリアには明日《あした》の午前中にツェリシナの加護に関すること、午後には咲かずの大樹に関することで時間を取ってもらっている。

しかし、それより先にツェリシナも知識があればいいと考えていた。

それを聞き、リュカーリアはなるほどと頷《うなず》いた。

「その類《たぐい》の本になると、持ち出しは少し難しいかもしれませんね……」

「そうですか……」

ツェリシナが残念そうにすると、明日一緒に話しますとリュカーリアが言ってくれた。

「咲かずの大樹自体が、とても珍しいものなんですよ。ですから、私はツェリシナ様が知っているということ自体に驚きました」

「いいえ、わたくしはわからなくて……。ソラティーク殿下に教えていただいたんです」

「そうだったのですか」

いきさつを聞いたリュカーリアは、確かに王城であれば文献もあるだろうと頷いた。

大樹に関しては、まだまだわからないことが多い。神殿長をしているリュカーリアだって、大樹のすべてを知っているわけではないのだ。

「しかし、体調を崩している人が多いというのは心配ですね」

「はい……。使用人たちにはできる限り休暇を出しているのですが、全員に……というわけにはいかなくて」

最低限の屋敷《やしき》維持はしなければならないため、何人かの使用人には屋敷に残ってもらっている。

その人選は、体調にほとんど何も影響がない人たちだ。

（体調不良の重さの個人差も、本当に加護の強さによるものかわからないし……）

もしかしたら、元気だった使用人も体調を崩してしまっているかもしれない。父のベイセルは普段と変わらない様子だったが、いつ同じようになるかわからない。

（アンナも、ひどく落ち込んでた……）

ツェリシナの侍女のアンナは、屋敷内の使用人たちの噂《うわさ》などを聞き、自分が捨てた黒い花びらが原因であることに行きついていた。そのため、自分のせいでこんなことになってしまったと、ひどく悔やんでいたのだ。

アンナのためにも、ツェリシナは早急に咲かずの大樹をどうにかしなければならない。

落ち着いたティータイムだったはずなのに、場の雰囲気は一気に重さを増してしまった。

それを感じ取ったらしいリュカーリアが、「大丈夫ですよ」とツェリシナに言葉をかけてくれる。

「ツェリシナ様は、そのために私を頼ってくださったのでしょう？　可能な限り、力になりたいと考えています」

「リュカーリア様……！」

心強い言葉に、ツェリシナの心に少しばかり余裕ができる。

「ですが——私は若造ですので、すぐに咲かずの大樹をどうにかできる力はないんです」

「——……！」

リュカーリアの言葉に、無意識の内にツェリシナは拳《こぶし》を強く握る。リュカーリアに縋《すが》るということは、本当に最後の望みだったのだ。

「ツェリ」

「あ……すみません」

心配するアーサルジュの声に、ツェリシナは首を振る。しかし、とてもではないが大丈夫そうには見えない。

向かいに座っていたリュカーリアが立ち上がって、ツェリシナの下へやってきた。自然に膝《ひざ》をついて、握りしめていたツェリシナの手を取った。

「そんなに強く握りしめては、手を痛めてしまいます」

「あ……」

「すみません、私の言い方が悪かったですね」

「……？」

リュカーリアの声は落ち着いていて、優しい笑みはどこか安心感を覚える。そして、その言葉にひそめられた期待に、早く続きをと、心が急《せ》く。

「私が今すぐに、というわけにはいきませんが、方法がないわけではないんです」

「本当ですか⁉」

求めていた言葉に、ツェリシナは声をあげる。はしたないと叱咤《しった》されてしまうかもしれないが、居ても立ってもいられない。

ツェリシナの目に活力が戻ると、リュカーリアは嬉《うれ》しそうに微笑む。

「ええ。明日までに確認しておきますから、少しお待ちください」

「……！　ありがとうございます」

リュカーリアの言葉に、ほっと胸を撫《な》でおろす。これほど安堵《あんど》したのは、もしかしたら生まれて初めてかもしれない。

目頭に、じんわりしたものが込み上げてくる。

（って、安心するのはまだ早いのに！）

それでも、嬉しいものは嬉しいのだから仕方がない。

「……今日は、このくらいにしておきましょう。ツェリシナ様、アーサルジュ様、どうぞゆっくりお休みになってください」

リュカーリアの気遣いで、食後のお茶会は終わった。

＊＊＊

「ツェリ様、濡《ぬ》れタオルをどうぞ」

「え？」

「目、ちょっと赤くなってますよ」

部屋に戻ると、ヒスイがタオルを用意してくれた。赤くなっていたなんて、恥ずかしい。ツェリシナはありがたくタオルを使い、目元を冷やす。

「でも、よかったですね。解決方法があるみたいで」

「……そうね。ただ、どんな方法なのかとか、そういうのがまったくわからないからちょっと怖いけど」

もし人間の生贄《いけにえ》が必要です、なんて恐ろしいことを言われたらどうすればいいのか。そうなったら、家族と使用人全員で夜逃げでもしようか。

ツェリシナはソファに深く座って、深呼吸を繰り返す。

リュカーリアには、明日の午前と午後両方で時間を取ってもらっている。まずはツェリシナの加護について話をすることになっているので、ツェリシナ一人で対応する予定だ。

さすがに、とんでもないであろう加護のことをいきなりアーサルジュに聞かせるわけにはいかないからだ。

話すにしても、ツェリシナが話を聞き、判断してからになる。

自分のことがわかり晴れやかな気持ちになる……といいのだけれど、どうなることやら。ツェリシナは悩みつつ、明日のために就寝した。

＊＊＊

翌日、ツェリシナはリュカーリアの執務室へ足を運んだ。

「どうぞ、かけてください」

「ありがとうございます」

応接室ではないのかと不思議に思ったが、持ち出せない資料があるためこの場所になったという。

ツェリシナがソファに腰かけると、リュカーリアが手を上げて人払いをした。

「――――！」

控えていたリュカーリアの側近が出ていくのを見て、ツェリシナはどうしようかと焦る。ヒスイを退室させてしまったら、リュカーリアと二人きりになってしまう。

ツェリシナにはソラティークという婚約者がいるし、そもそも未婚なので男性と部屋で二人きりになるわけにはいかないのだが……。

（でも、そんなことを言っていられる内容じゃないってことだよね）

その証拠が、退室したリュカーリアの側近だろう。

神官が、未婚女性と男性を二人きりにすることがよくないということを、知らないわけがないのだ。

「……ヒスイ」

「はい」

ツェリシナが名前を呼ぶと、後ろで控えていたヒスイが一礼して部屋の外へ出て行った。これで、部屋の中にはツェリシナとリュカーリアの二人だけだ。

「すみません。本来であればこのようなことはすべきではないのですが、あまり人に聞かせていい話でもなくて」

「いえ、それはわたくしもわかっています。ご配慮ありがとうございます」

「ご理解いただき感謝します」

リュカーリアはほっとしたように微笑《ほほえ》んだので、ツェリシナと同じように懸念してくれていたのだろう。

（きっと、人払いするかどうかも悩んだはずよね）

自分の加護のことで、これ以上リュカーリアを煩わせるわけにはいかないだろう。

「本日はわたくしの加護のことでお時間をいただき、本当にありがとうございます」

ツェリシナが深々と頭を下げると、リュカーリアは「おやめください」と慌てたように告げる。

「もとはと言えば、ツェリシナ様の加護を見抜けなかった神殿がいけないのです。ずっとご不便を強いられ、生きるのはとても大変だったでしょう？」

「あ……いいえ。わたくしは、家族や周りの方に恵まれましたから」

加護なしだからと捨てられることはなかったし、ソラティークも婚約を破棄することはなかった。貴族たちには陰でいろいろ言われたりもしたが、国王夫妻はツェリシナによくしてくれたし、今は領主も務めていて毎日が充実している。

加護なしではあったけれど、幸せな日々だったと胸を張って言うことができるだろう。

ツェリシナの表情が和らいだのを見て、リュカーリアも微笑んだ。

「ツェリシナ様の加護の話をする前に、儀式のときの話をさせてください」

「――！　はい」

もちろんですと、頷く。


ツェリシナが加護を授かっているかを確かめる加護の儀式をしたのは、六歳のときで、今から一年ほど前になる。

ツェリシナが加護の儀式を行ったのは、アルバラード王国の小神殿だ。神官の男性から、『どなたからの加護もありません』と告げられたのだ。

加護が当たり前のこの世界で、その言葉がどれほど残酷なものだったろうか。

「加護の儀式を担当したのは、カーターという名の祝福の神官でした。話を聞きましたが、彼は本当にツェリシナ様の加護がわからなかったそうです」

「………」

リュカーリアの言葉に、ツェリシナは静かに耳を傾ける。

どうやら、当時の関係者は健在だったようだ。きちんと自己紹介などをしたわけではなかったが、言われてみればそんな名の男だったかもしれない。

(顔も覚えてはいないけど……)

「もちろん、カーターだけではなく当時の神官や巫女《みこ》にも確認をしました。加護がない、なんていうことは前例がありませんでしたから、みなさんよく覚えていらっしゃいました」

アルバラード王国の王太子の婚約者の、侯爵令嬢。

それだけでも人々の記憶には残りやすいが、ツェリシナは加えて加護なしの烙印《らくいん》をおされてしまった。それを忘れるなんて、そうあるわけがない。

ただ——だからといって、本当に加護はなかったのか？　と問われて、明確な答えを出すことは難しいだろう。

(私だって、自分の加護に気づかなかったんだから)

「すべては、神殿の力不足です。カーターがすぐに判断を下してしまったことも、よくないことでした。本当に申し訳ありません、ツェリシナ様」

「顔を上げてください。神殿の判断とはいえ、リュカーリア様のせいではありません」

「……お優しいのですね」

リュカーリアは「処罰に関してですが」と言葉を続ける。

「カーターは神殿での地位を剥奪《はくだつ》し、小神殿で神官見習いになりました。今後、地位が上がることはありません。これ以上の罰をお望みかもしれませんが——現状は、これが精いっぱいでした」

力及ばず申し訳ないと、リュカーリアが再び謝罪の言葉を口にした。

自分に女神の加護があると知り、加護なしの判断を下した祝福の神官にはどんな処罰があるのだろうと、考えたことはある。

ツェリシナの身分を考えたら、それはあってはならない判断だっただろう。

もしも神殿という中立の機関でなければ、おそらく死刑が下される。祝福の神官といえど、カーターは貴族ではないからだ。

しかし、ここは神殿だ。

神殿には、神殿としての立場と、ルールもあるのだろう。

(最悪、数ヶ月の謹慎……かもしれないと思ってた)

ツェリシナの加護の儀式をしたときのカーターは、おそらく四〇代くらいだったはずだ。

そう考えると、今はちょうど神殿での地位が安定し、お金にも困らず、穏やかに老後を暮らしている最中だった可能性もある。

その地位を失い、一生見習いになるというのは……転生したツェリシナからすれば、とても重い処罰に思えてしまう。

それを、処罰が軽いなんて言えるわけがない。

「十分です。対応していただきまして、ありがとうございます」

「いいえ。こちらこそ、ツェリシナ様には辛《つら》い思いをさせてしまいました」

話し終えたリュカーリアが紅茶を口にしたので、ツェリシナも同じように喉《のど》を潤す。緊張していたからか、思っていたよりも喉が渇いていたようだ。

（美味《おい》しい……）

ほっと一息つくと、カップは空になってしまった。幸いティーポットはすぐそこにあったので、リュカーリアと自分のティーカップにおかわりを入れる。

「ああ、すみません。ツェリシナ様はお客様だというのに」

「いいえ。これくらい、気になさらないでください」

「……ありがとうございます」

小休憩とばかりに、クッキーを食べて少しだけ気持ちを落ち着かせた。

紅茶を飲んで落ち着いたところで、リュカーリアがソファから立ち上がった。

「……？」

どうしたのだろうとツェリシナが視線でリュカーリアを追うと、机の上に置いてあった本を手にしてすぐ横までやってきた。

「隣に座ることを、許していただけますか？」

「――っ！　……はい。どうぞ」

「ありがとうございます」

婚約者がいる身なので本当ならば断るべきなのだろうが、リュカーリアの綺麗《きれい》な笑みを見ていると、どうにも断りづらいのだ。

「この本は、咲かずの大樹に関する記録がされているものです」

「――――！」

昨日の晩餐《ばんさん》の際に、ツェリシナが読みたいと告げて断られてしまった本だ。黒い装丁に、金の文字で『咲かずの大樹の記録』と書かれている。

（これは、実録……？）

無意識に、ツェリシナはごくりと唾《つば》を飲む。

「どうぞご自由に、ということはできないのですが……私と一緒に見る分には構わないでしょう」

「ありがとうございます……！」

ツェリシナの感謝の言葉に、リュカーリアは「ですが、秘密ですよ」と微笑む。もしかしたら、内密に見せてくれているのかもしれない。

「では、お話しさせていただきますね」

「は、はいっ！」

「大丈夫ですよ、どうぞ肩の力を抜いてリラックスしてください」

くすりと笑ったリュカーリアに、ツェリシナは顔が赤くなる。あからさまに緊張してしまったのが、恥ずかしい。小さな声で「はい」と返事をするのがやっとだ。

「咲かずの大樹とは、大樹によくない力が加わったなれの果てだと言われています」

大樹は、育てる人間によってその力を良くも悪くもすることができる。

領主の加護によって成長し、災害などから守ってくれると言われているが……一転、ないがしろにしたり、邪《よこしま》な心を持つ領主が育てた場合は大樹が災害を引き起こしたり、枯れると言われている。

大樹に異変があった場合、領民たちはどんな天災があるかわからないと逃げるのだ。

リュカーリアが本をめくると、咲かずの大樹が成長とともにどうなっていくか観察する様子が書かれていた。

「……体調を崩す者が出始め、咲かずの大樹に近い草が黒になる……わたくしの家の状態と、同じです！」

ツェリシナは急いで続きを読む。

その後は、咲かずの大樹の影響する範囲が徐々に広がっていったと書かれている。

ただの体調不良は、意識を保つのも難しい者もあらわれたという。咲かずの大樹の周囲では常に雨雲が発生し、天気は雨が続いていった——と。

「咲かずの大樹を止めるすべがなく、一年経《た》たずに町一つが呑み込まれ——……」

思っていた以上に最悪の事態がくるようで、ツェリシナは口元を押さえる。こんな恐ろしいものが、家の裏庭にあるというのか。

（このままだと、王都まで咲かずの大樹に呑み込まれてしまう……！）

早急に対処しなければ、大変なことになってしまう。

「大丈夫ですよ、ツェリシナ様」

リュカーリアが、不安そうにしているツェリシナの手を優しく握った。その体温で、自分の体は話を聞いただけでひどく冷えていたということに気づいた。

「まだ時間はありますから、落ち着きましょう」

「……はい。ありがとうございます、リュカーリア様」

今度はリュカーリアがハーブティーを淹《い》れてくれた。一口飲むと、その温かさが体中《からだじゅう》に染み渡るかのようだ。

（焦らないで、冷静にならなくちゃ）

ツェリシナは何度か深呼吸を繰り返し、気持ちを落ち着かせた。


咲かずの大樹のことを聞いたばかりだが、今の時間は本来、ツェリシナの加護について話をすることになっていた。

リュカーリアは苦笑しつつ、「加護のお話をしましょうか」と告げた。

「本を読みたいというわたくしのお願いを聞いていただき、ありがとうございました。お願いいたします」

咲かずの大樹の対処もそうだが、ツェリシナは自分の加護のことを知っておく必要もある。もしかしたら、今回の件で役立つことだってあるかもしれない。

「ツェリシナ様に加護を与えた女神は、とても稀《まれ》なる女神です。この世界ができてから、数度しかお名前を聞いたことがありません」

「そんなに珍しい女神なんですか？」

ツェリシナの言葉に、リュカーリアは笑みを深めた。

「――運命の女神、ノルン。それが、ツェリシナ様に祝福の印を贈られた女神の名です」

耳でその音を捉えて、頭で理解するよりも早く、ツェリシナはひゅっと息を呑《の》んだ。

自分の鼓動が速くなるのを感じながら、ああ、本当に運命を変えることのできる加護を持っていたのだなと、改めて実感する。

しかしそれなら、リュカーリアもツェリシナが加護の力で運命を変えられるということを知っているのでは？　と思う。

（でも、ほとんど例がない女神だって言ってたし、加護の力のことは知らない？）

それとも、すべてを知っているのだろうか。

ハーブティーで体が温まったばかりだというのに、一気に部屋の温度が下がったような感覚に襲われた。隣にいるリュカーリアは、いったいどんな顔をしているのだろう。

（リュカーリア様の顔を、見れない）

わずかに震える体も、押さえられない。

すると、ツェリシナの手にリュカーリアの手が重ねられた。

「――っ！」

「突然で、驚かせてしまいましたね。すみません、こういったお話をするのが苦手なもので」

あまり配慮ができずに申し訳ありませんと、そう言ったリュカーリアはいつものように優しい微笑《ほほえ》みを浮かべていた。

そのことにどこか安堵《あんど》しつつ、ツェリシナはゆっくり首を振る。

「いいえ。わたくしに加護を下さった女神様を教えていただき、ありがとうございます。運命の女神、ノルンと――」


瞬間、ふっとツェリシナの視界から色が消えた。

そして目の前に光り輝く女神が姿を現す。――が、それは本当に一瞬のことで、すぐにツェリシナの視界は色を取り出した。


（嘘《うそ》、女神様⁉）

自分の身に起きたことに驚きを隠せずにいると、リュカーリアが不思議そうにこちらを見ていた。

「ツェリシナ様？」

「あ、いえ……。大丈夫です。やはり驚いてしまって……」

「自分を加護してくださる神を知るということは、言葉では言い表せないものがありますからね。無理もありません」

リュカーリアはツェリシナが落ち着くのを待って、話を続けた。

「運命の女神ノルンの祝福を受けていると、運命的な人生を送れる……と言われているのですが、実際に記録を記した文献はほとんどないんですよ」

「運命的……」

「ええ。たとえば、時代を変えるようなことを成し得る……などでしょうか」

もしや自分が転生したのは、運命の女神のせいでは？　なんて考えてしまいたくなる。

（いや、逆か……）

どちらかというと、ツェリシナの境遇を運命の女神ノルンが助けてくれている……そう考える方が自然のような気がする。なんといっても、ここはゲーム世界なのだから。

「ただ――運命を変える力を持つ、という記述もありました。ツェリシナ様、そういった加護の傾向などはありますか？」

「え……っと」

ばっちり運命を変えています、とは口が裂けても言えないだろう。

思い通りに運命を変えられるわけではないが、この加護の力は人の生死すら、その運命を変えてしまえるのだから。

ツェリシナが困惑したからか、リュカーリアは「急ぎすぎてしまいましたね」と苦笑した。

「どうにも私は加護のことになると気持ちがはやるようです。すみません、気分を害してしまいましたね」

「いえ！　そのようなことはありません。わたくしも、わからないことだらけで……」

「……でしたら、これから少しずつ、運命の女神ノルンのことを知っていきましょう」

焦らずゆっくりでいいと、リュカーリアが微笑む。

すると、リュカーリアは触れていたツェリシナの手を取り、その甲へ口づけ、言葉を紡いだ。リュカーリアの息が、手の甲にかかる。

「リュカーリア様……？」

綺麗な瞳《ひとみ》が、ツェリシナだけを見つめてくる。

「ツェリシナ様。こんなことを言う私を酷《ひど》いと思うかもしれませんが……咲かずの大樹を枯らすことを条件に、私の花嫁になっていただけませんか？」

＊＊＊

リュカーリアとの話し合いが終わると、ゲストルームでアーサルジュがツェリシナの帰りを待ち構えていた。

オデットに淹れてもらった紅茶を眺めながら、ツェリシナはさてなんと話を切り出すべきかと考える。報告すべきかわからないことと、報告しなければならないことと、情報が多すぎる。

（私を加護する女神の名前は……）

さすがに運命の女神ノルンのことは伏せた方がいいのでは？　とも思ったのだが……家族にまで秘密にするのもよくないかと考える。

加護なしと言われていたときからずっと、自分の味方でいてくれたのだから。

「ツェリ、大丈夫かい？」

心配げなアーサルジュの問いに、ツェリシナは少しの間を置いて頷《うなず》いた。

「……はい。オデット、申し訳ないのだけれど、少し席を外してもらっていいかしら」

「わかりました。失礼いたします」

「ごめんなさいね」

オデットが部屋を出たのを確認し、ツェリシナは口を開く。

「あ……っと、何から話していいものか。いろいろなことがありまして」

「なら、最初からゆっくりで構わないよ」

「……はい」

アーサルジュの助言通り、ツェリシナはリュカーリアとの話の流れを思い出しながら説明をした。


「は？　結婚の申し入れを受けた……？」

「はい……」

「……っ、はぁ……」

ツェリシナの話を聞き終わったアーサルジュは、深くため息をついた。まさか自分に相談もせずそんな重要なことを決めてくるとは、と。

後ろに控えているヒスイも、驚きを隠せないようだ。

（相談しなかったことは申し訳ないと思うけど……）

「仮に相談したとしても、結果は変わりませんよね？　それなら、早くお返事した方がいいと思ったんです」

「……なるほどね」

ツェリシナの答えに、アーサルジュは苦笑する。

それは、たとえ相談されていたとしても、アーサルジュもツェリシナと同じ判断をしたということだ。

もしも大神殿に同行したのが長兄のオズウェルであったならば、絶対に反対しただろう。けれど、アーサルジュは感情よりも利を優先する。

今回のことは、咲かずの大樹に関してもかなり影響してくるだろう。

リュカーリアに教えてもらったことを説明したら、アーサルジュは頭を抱えていた。

「最終的なことを考えれば、ツェリの判断は正しいよ。まさか、そこまで考えているとは思わなかったけれど」

「咲かずの大樹があるということは、リンクラート家だけではなく、国にとってもマイナスです。それに、あれがどこまで成長するかわかりませんから」

咲かずの大樹は、現在進行形で成長しているのだ。

このまま放置したら、屋敷《やしき》より大きくなってしまうかもしれない。もしそうなったら、対処の方法すらなくなってしまうかもしれないのに。

最悪、国すら呑み込んでしまうかもしれない。

そう考えると、ツェリシナの身ひとつで対処してもらえるのならば安いものだ。

「……はあ、まったく」

アーサルジュはあからさまにため息をついて、ツェリシナを見てきた。

「ツェリの言うことはもっともだけど――自分を安売りしすぎだ」

「――！」

アーサルジュの優しさに、ツェリシナは言葉に詰まる。

「どうやら私の妹は、一人で頑張りすぎるみたいだ」

ぽんと、ツェリシナの頭を撫《な》でるようにアーサルジュの手が置かれた。もっと大人を頼りなさいと、そう言われているみたいだ。

「……ツェリ一人に、辛《つら》い判断をさせてしまったね」

「――！　いいえ、わたくしは大丈夫です」

アーサルジュを安堵させるように、ツェリシナは微笑んだ。しかしそれを見て、アーサルジュはどこか寂しげな表情になった。

「ツェリは小さいころからずっと王妃教育を受け、立派に育った。家や国のことを第一に考えることもできるし、ソラティーク殿下のこともずっと支えてきた。だけどね、ツェリ。私はそんなツェリを誇りに思うけれど、可愛《かわい》い妹には――幸せになってほしいとも、思っていたんだよ」

「お兄様……」

温かい言葉に、ツェリシナの目頭が熱を持つ。

（やっぱり私の判断は、間違っていなかった）

優しいアーサルジュを、大好きな家族と国を、自分が守ることができるのだから。それでよかったのだと、ツェリシナは微笑んだ。

＊＊＊

大神殿ですべきことは終わり、当初の予定通り明日《あした》には帰路につくこととなった。

今は、あまりリンクラート家から離れているべきではないので、スケジュール通りになったことに安堵する。

ツェリシナはベッドに横になり、ぼんやり天井を見つめる。

「まさか、こんな形で婚約破棄することになるとは……」

悪役令嬢ツェリシナに転生してからはずっと、ソラティークがメリアを選び婚約破棄をされるとばかり思っていた。

それがどうだろう、まさか自分から婚約破棄をすることになるとは。過去の自分に、この結末を教えてあげたいくらいだ。

「でも、そうなるとゲームのストーリーはどうなるんだろう？」

そこでふと、追放の二文字が脳裏に浮かぶ。

リュカーリアと結婚したら、おそらくツェリシナは大神殿で暮らすことになるだろう。巫女《みこ》になるかはわからないが、アルバラード王国で暮らすことはないはずだ。

もしかしたら、追放と同じような意味合いなのかもしれない。

「悪役令嬢は、物語に必要ない。私じゃ、ラスボスだって封印できな――って、そうだラスボス！ヘルの様子を見に行ってみようと思ってたんだった‼」

いろいろなことがありすぎて、すっかり頭から抜けてしまっていた。

ツェリシナは慌ててベッドから起き上がり、いつものローズレッドのワンピースとオフホワイトの上着に袖《そで》を通し、部屋を飛び出した。

＊＊＊

「――【大樹の恵みを大地に】」

大神殿の一階にある『祈りの間』の神の像の後ろで、ツェリシナは地下へ下りるための合言葉を口にした。

すると、音を立てて台座が開き、階段が姿を見せる。この先に、以前出会ったラスボスのヘルが閉じ込められている。

割と気さくな様子だったヘルのことを思い出し、ツェリシナは笑う。今も変わらずだといいのだけれど……そう思いながら階段を下りていく。

寒々しい石畳を歩いていくと、扉が見えた。前に来たときと同じ重厚なそれは、鎖でがっちりと閉じられている……そう思っていたのに。

「嘘、鎖が外れてる……！」

いったいどういうことだと、ツェリシナは扉の前まで走る。

鍵《かぎ》が外されているので、そっと扉を押してみると……開いてしまった。

「え、えぇぇ!?」

仮にも中にいるのはラスボスのはずなのに、いったいどういうことなのか。

しかし、開いているのだからこっそり中を覗《のぞ》く以外の選択肢はない。本当は関《かか》わらない方がいいのだが、気になるではないか。

ドキドキしながら、わずかに開けた扉の隙間《すきま》から部屋の中を見る。

ヘルの気配は——ない。

「もしかして、ヘルを閉じ込めるのはやめた……とか？」

——が、そう考えるには生活感のある部屋だった。

誰もいないことと、ヘルのことが気になったツェリシナは、「失礼します」と告げて部屋の中へ足を踏み入れた。

「わ……」

ラスボスの部屋だから、という理由で身構えていたのだが……そこは普通の部屋だった。いや、普通というよりは貴族の令息の部屋に近いだろうか。

調えられた調度品と、行き届いている掃除。普段から使っているであろう水差しに食器類と、飴《あめ》の入った小瓶なども置かれている。

悠々自適に生活しているラスボスの姿が目に浮かぶというものだ。

（まあ、ラスボスの外見描写はなかったから見た目は知らないんだけど……）

自分の意思で出たのか、出ざるを得ない事情があったのか、それはツェリシナにもわからないし、知る術《すべ》もない。

（何事もないといいんだけど……）

そう思いながら、ツェリシナは部屋へ戻った。

閑話　逃げ道のない選択　――リュカーリア・アースガルズ

微笑《ほほえ》む私とは逆で、ツェリシナ様はこれでもかというほど驚いた顔を見せています。普段は貴族の令嬢らしく、とても淑《しと》やかな表情をされていますからね。

ツェリシナ様が驚いたのは、私が口にした言葉――

「咲かずの大樹を枯らすことを条件に、私の花嫁になっていただけませんか？」

――というもの。

婚約の申し入れはとうに断りの返事をいただいていますから、条件に出されるとは思っていなかったのでしょう。

けれど、咲かずの大樹をどうにかするために、なんらかの条件があることはツェリシナ様とて承知のはずです。

神殿は善意のボランティア機関ではありませんから、何かをするためには相応の対価が必要になるのは当然。貴族間でも互いの利益のために政略結婚は行われているのですから、私の条件は突拍子のないもの、でもないはずです。

「あ、っと……」

言葉に詰まるツェリシナ様の前に紅茶を置いて、私は「どうぞ」と促します。さすがに、頭の中を整理する時間が必要でしょう。

ツェリシナ様は無言で紅茶を飲み、こちらを見ようとはしません。

――きっと、必死でどうすべきか考えているのでしょうね。

ずっと、どうすればツェリシナ様を手に入れることができるだろうと考えてきました。彼女は、婚約者のソラティーク殿下のことをとても大切にしているようでしたから。

そう考えると、今回のことは僥倖《ぎょうこう》でした。

ツェリシナ様を、運命の女神ノルンを――私のものにすることができる。

それから数分間の沈黙が流れたあと、ツェリシナ様が私を見ました。


「――申し入れを、謹んでお受けさせていただきます」


静かな、静かな声は……決意の色を含んでいました。きっと、この短時間の間に、いろいろなことに思いを巡らせ、答えを出してくれたのでしょう。

いいえ――答えを出す、なんて優しい問いかけはしませんでしたね。この答えを選ぶという道以外、私は用意しなかったのですから。

この数分間は、ツェリシナ様が覚悟を決めるための時間。

「お受けいただきありがとうございます、ツェリシナ様。私は世界で一番の幸せ者です」

「……大袈裟《おおげさ》です」

私が微笑むと、ツェリシナ様は困ったように微笑みました。

少し寂しさの色が浮かんでいましたが、その憂いを取り払えるよう……私なりにツェリシナ様を愛したい。これは、私の本心です。

「まだまだ若造の私ですが、どうぞよろしくお願いいたします」

「こちらこそ、よろしくお願いいたします」

私はもう一度ツェリシナ様の手を取り、その陶器のように白く美しい手の甲へ口づけた。

＊＊＊

「は？　ツェリシナ様に結婚の了承を得た？　ちょっと何を言っているかわからないんですけど」

側近が、すごい顔をしている。

彼がこんな顔をしたのは、きっと初めてです。そう考えると、今日はツェリシナ様の驚いた顔と、彼のすごい顔、新しい表情をたくさん見られた日になりますね。

そんな気楽なことを考えたからか、「チッ」と舌打ちが飛んできた。

いつも思いますが、本当に彼は私に対して遠慮がありませんね。

「そもそも、今更どういう風の吹き回しで？　ツェリシナ様にはソラティーク殿下がいらっしゃるので、婚約の申し入れだってとっくに断られて――まさかリュカーリア様、最低な取引を持ちかけたんじゃないでしょうね？」

私の側近はなんとも勘がいい。

にこりと笑みを深めてみせると、すべてを悟ったらしくそれはそれは長いため息をついた。

「いや、控えめに言って最低じゃないですか？」

「失礼ですね。この程度、よくある貴族間の政略結婚となんら変わりませんよ」

「そういった場合、たいていお相手がいない者同士ですよ。奪うなんて、それこそ一国の王でもない限り……」

そこまで言い、私を見て再びため息をつきました。

私が神殿長であることを思い出したのでしょう。神殿のトップである私は、一国の王、もしくはそれ以上の存在ですから。

「それで、どうされるおつもりですか？」

「ツェリシナ様は領主ですから、しばらくは普段通りに過ごしていただきますよ。こちらの準備が終わり次第、ご挨拶《あいさつ》もかねて咲かずの大樹の処理をします」

私が説明をすると、手帳を見せつけられました。

「リュカーリア様の予定は、もう一年先まで入っているんですが？」

勝手に話を進めるなと、そう言いたいのでしょうね。

ですが、残念ながら私の最優先事項はツェリシナ様です。ほかの方とのあまり有意義でない面会など、なくても私はなんら困りません。

まあ、そのせいで多少の寄付がなくなるくらいいいでしょう。

「それをどうにか調整するのが、あなたの仕事でしょう？」

「………………チッ」

私がそう言うと、側近はものすごく嫌そうな顔。思わず笑うと、さらに舌打ちが飛んできました。

「そんなにカッカしていては、人生楽しくありませんよ？」

「誰のせいだと思ってんですか」

「私ですね」

「はぁぁぁぁぁ」

側近は手帳を閉じ、部屋の出口へと向かい、ノブに手をかけてこちらを振り向いた。

「明日以降、鬼のようなスケジュールになるから覚悟しておいてください」

「……はい」

なんだかんだきっちり調整をしてくれる側近に、私は笑って頷《うなず》いた。


これから忙しくなる、そう思っていたら部屋にノックの音が響きました。

「ああ、思っていたより早かったですね」

「なんです？」

私が来客を予想したのを見て、側近が訝《いぶか》しむような顔になる。きっと、自分は何も聞いていないと怒っているのでしょう。

ですが、私だって絶対に来客があるとわかっていたわけではありません。おそらく来るだろうなと、その程度に思っていましたから。

「ツェリシナ様のお兄様でしょう」

「アーサルジュ様が？　……お通しします」

「お願いします」

側近の顔から表情が消えたので、かなり私に対して怒っているのでしょうね。

「失礼します。お約束をしていないというのに、突然すみません」

「構いません」

互いにソファへ腰かけると、すぐ側近が紅茶の用意をしてくれました。そして私の横に来て、まるで私を見張るように立っています。

私の信頼は地の底より低いようですね。

「来ていただき申し訳ないのですが、あまり時間を取ることができません」

「もちろん、それは重々承知しております。ので、直接的な言葉になることをお許しいただけますと幸いです」

アーサルジュ様が話したいのは、ツェリシナ様のことでしょう。すぐに、話の本題に入ってくれました。

「どうやら、ツェリの加護はずいぶんとすごいもののようですね。聞いてはいませんが、リュカーリア様が望むほどのものですから」

アーサルジュ様は、ツェリシナ様のことがとても大切なのでしょう。ですが、私とて家族は大切ですし、譲れないものがあります。

——彼女の家族であれば、いいでしょう。

「ツェリシナ様に加護を贈っている女神は、運命の女神ノルン。運命を変えることができるほどの、加護の力です」

「な……っ」

私の話を聞いて、アーサルジュ様は言葉を失いました。無理もありません。運命を変えることができる、なんて……普通は信じられるものではありませんから。

「できれば、内密にした方がいいと思います」

「……そうでしょうね」

アーサルジュ様は頭を抱え、「具体的にはどのようなことができるのですか？」と私を見ました。

私とて多くを知るわけではないのですが、多少であればわかります。

「加護の力をどの程度使えるかは、ツェリシナ様によるでしょうが……たとえば、割ってしまった花瓶を割れなかったことにしたり、もしかしたら――失敗した結果を無理やり成功に変えてしまうこともできてしまうかもしれませんね」

みるみるうちに、アーサルジュ様の顔色が変わっていきます。ツェリシナ様の加護に関することを、いろいろとシミュレートしているのでしょう。

そう、この加護の力は……家族であったとしても欲に溺れてしまう可能性がある。ツェリシナ様を守れる絶対的な力か想《おも》いでもなければ、無理でしょう。

人間は、ふとした瞬間小さな闇《やみ》に囚《とら》われて――魔が差してしまいますから。強力な加護を得た人物ではなく、周りの人間が事件を起こすというのはよく聞く話です。

ソラティーク殿下に嫁いだら、さらに危険に付きまとわれます。

国王、もしくはその近しい者に知られたら？　間違いなく、ツェリシナ様のことを利用しようと考える輩《やから》が出てくるでしょう。

それはきっと、王城に勤めているアーサルジュ様が一番よくわかっているはずです。同時に、私であればツェリシナ様を守れるということも。

「……ツェリの幸せは本人にしかわかりませんが、危険が伴う場所に行かせたくはないと考えるのが家族でもあります」

アーサルジュ様は、小さく息をつきました。

「ツェリは、咲かずの大樹と交換できるほど安い妹ではないのですが——一番安全な場所が、あなたの下だというのですね」

「神殿で、私の力は絶対です。何人も、ツェリシナ様に触れさせないと誓いましょう」

「そしてあなたも、ツェリの加護の力を利用する、と」

私の言葉に、アーサルジュ様は間髪容《い》れずに返してきました。

——それについては、否定はできません。

ですが。

「ツェリシナ様は私の家族になるのですから、私もアーサルジュ様と同じ気持ちでツェリシナ様のことをお守りしたいと思っています」

これについては、本心です。

「……その言葉を信じるしかありません。ひとまず、私もあなたの申し出を受け入れることに賛成しましょう。ただ、ツェリが望まない場合は……連れ戻します」

「もちろん、ツェリシナ様のことは大切にいたします」

「そのお言葉、忘れないようお願いいたします」

私が頷くと、アーサルジュ様は「失礼します」と退室されました。ツェリシナ様のことを想い来てくれたことは、純粋に嬉《うれ》しいと思います。

隣で睨《にら》むような側近は怖いですが、私だってツェリシナ様を大切にしようと思っているのです。

大丈夫、すべて上手《うま》くいきます。

ツェリシナ様には、運命の女神ノルンがついているのですから。

3　ツェリン村の発展

「よーし、やるわ、やるわよ、ヒスイ！」

ぐっと腕まくりをしたツェリシナを見て、ヒスイは冷静に「どうしたんですか」と訝しむ視線を送ってきた。

「うぅっ」

ヒスイの眼差《まなざ》しに、ツェリシナはたじろぐ。

どうやらこの執事見習いは、ツェリシナが突然リュカーリアからの求婚を受け入れたことに物申したいようだ。

（まあ、何も告げずに決めちゃったもんね……）

リンクラート家の裏庭に生えてきた咲かずの大樹を処理してもらう代わりに、ツェリシナはリュカーリアからの結婚の申し入れを受けたのだ。

家族にも、ヒスイにも、誰にも言わず、相談もせずに。

今いる場所は、ツェリン村にあるツェリシナの屋敷《やしき》。

リビングにあるクッションで気持ちよさそうにお昼寝しているトーイと、冷ややかな目で見つめてくるヒスイ。

「まあ、執事見習いの私に断る必要なんてないんですが……」

「ヒスイ……ごめんなさい」

「……いいえ。私だって、どうしようもなかったことはわかってるんです。だから、ツェリ様は何も悪くないんです」

しかし、頭でわかっても、心ですぐに割り切れるものではない。ヒスイは寂しげに瞳《ひとみ》を揺らして、ツェリシナを見た。

「ただ……ツェリ様が幸せになれないのは、嫌なんです」

しかし、自分ではツェリシナの婚約を止めることも、咲かずの大樹をどうにかすることもできない。無力なことが、悔しいのだ。

「――っ、ヒスイのその気持ちだけで、私は幸せだわ。別に、好きな人と結ばれたら幸せ……っていうわけでもないんだから」

だから大丈夫だと、ツェリシナは強気に微笑《ほほえ》んで見せる。

「ああ……言っていましたもんね。ソラティーク殿下との婚約は破棄されることになると。もしかして、このことを予測していたんですか？」

「まさか！　さすがにこれは予想外!!」

ヒスイの問いかけに、思いっきり首を振る。

そしてヒスイに、ソラティークとの婚約はそのうち破棄されるという話をしたことを思い出した。

こんな形で現実になるとは思っていなかったけれど……。

「あれは、その……ソラティーク様はメリア様と親しくしているから」

だから、ソラティークとメリアが結ばれると思っていたのだ。ツェリシナがそう口にすると、ヒスイの目が呆《あき》れてしまった。

「何を言っているんですか、ツェリ様。誰がどう見ても、ソラティーク殿下はツェリ様のことが大好きじゃありませんか」

「え……？」

「……え？」

互いに瞳をぱちくりさせる。

「どこをどう見たら、ソラティーク殿下がメリア様を好きだなんて思うんですか」

「…………」

ヒスイの言葉に、ツェリシナは口を閉ざす。

薄々、そんな気もしていなくはなかったのだ。

（だけど、二人がバッドエンドだとわたくしは死刑……）

そう考えると、簡単に認めることもできるわけがなく。結果、死なないために二人を応援する道しかツェリシナには残っていなかった。

ただ、メリアが王妃になったとして、この国は大丈夫だろうかという不安はあった。

ゲーム世界に転生した日本人だけれど、この世界で生まれたことも事実だからだ。ツェリシナにとって、生まれ育ったこの国はとても大切な故郷だから。

落ち込んでしまったツェリシナを見て、ヒスイは焦る。さすがに言いすぎてしまった、と。

「すみません、ツェリ様……」

「ヒスイが謝ることじゃないよ、大丈夫。ね？」

「……はい。ツェリ様が結婚するときは、私も神殿についていきます。たぶん、加護的に祝福の神官になれると思いますし」

「――……」

ヒスイの言葉に、ツェリシナはあっけにとられ――顔面蒼白《そうはく》になった。

（そうだ！　私、どうせソラティーク様との婚約は破棄されるから先のことは考えずにヒスイを執事見習いにしたんだった‼）

だから自分がどこかへ嫁ぎ、ヒスイと離れ離れになる未来はやってこないと思っていたのだ。大誤算だ。

（ああでも、神殿なら私つきの神官にしてもらえばいい……⁉　いや、それならいっそ自由な人生を歩んだ方がいいんじゃない？）

ヒスイも給料を貯金くらいしているだろうし、何か新しいことを始めたっていい。まだ若いので、なんだって挑戦することができるだろう。

――だけど。

（ヒスイと離れ離れになってしまうのは、寂しい……）

トーイをもふもふすることだってできなくなってしまう。それはとてもとても、寂しくて切ないことで。

「……私、雇い主……失格だ……」

百面相を始めてしまったツェリシナを見て、ヒスイが笑う。

「……別に平気ですよ、神官になるくらい。ツェリ様は全然失格なんかじゃないですし、それに何があっても私が隣でサポートします。だから安心して、ふんぞり返っていてください」

「ふんぞり……」

あっけにとられるツェリシナを見て、ヒスイはだからこれからも隣にいさせてくださいねと微笑んだ。

（ああもう、私の執事は……っ！）

ツェリシナはただただヒスイの優しさに胸がいっぱいになり、頷《うなず》いた。


なかなかに重たい話をしてしまったので、ツェリシナはティータイムで気持ちを落ち着かせる。

感情的になってしまったけれど、その分気持ちは落ち着いたようだ。

「それで、何をやる気になってたんです？」

向かいに座っているヒスイが、先ほどのことを尋ねてきた。

今日はツェリシナが頼み込んで、一緒にお茶をしている。普段は給仕をして控えているだけなので、とても嬉しい。

「もちろん、ツェリン村のこと！　だって、私がリュカーリア様と結婚したら、村のことを見られなくなっちゃうんだよ？　もちろん、できる限り様子を見に来たりはしたいけど……」

「ああ、そういうことでしたか」

ツェリン村と大神殿は、馬車で一〇日という物理的な距離があるのだ。これぱかりはどうにもできないので、あきらめるしかない。

領主の地位をベイセルに戻し、治めてもらうことになるのだが……ゲームシステムで大樹のレベルだってまだまだ上げられるし、取っていないスキルだってたくさんある。

「絶対、大樹の周りに一〇〇種類の花を植えようと思ってたのに‼」

「そんな壮大なこと考えてたんですか……」

「……うん」


大樹の周りに花を植えると、【甘い蜜《みつ》】のレベルが上がる。

今は五種類の花が植わっており、レベルは2。フラワービーがやってきて、ツェリン村の特産である蜂蜜《はちみつ》を採取することができるようになっている。

一〇〇種類植えると、最高レベルの5になる。すると、神獣がやってくるようになるのだ。


Wもふもふを堪能《たんのう》……ではなく。

（トーイのお嫁さんを呼ぼうと思ってたのに〜〜！）

これでは、【甘い蜜】のレベルを上げるのは夢のまた夢。

（あ、でも……待って？）

神殿長の妻という権限を使いまくり、花を集めることはできるのではないだろうか。花を一〇〇種類というのは、時間もお金もかかるのだ。

花が集まったら、帰省したいと頼み込んでツェリン村に来よう。

「いつか花畑ができたら、一緒に見たいですね」

「そうね。何年、何十年後……はさすがに遠すぎるけど……絶対に達成してみせる！」

ツェリシナがぐっと気合を入れて宣言し、ヒスイは「楽しみです」と頬《ほお》を緩める。

「あ、そういえば今後のスケジュールは覚えてますか？」

「もちろん！　明日《あした》は春の月の四〇日。モーリスの加護の儀式だもんね！」

「そうです。王都の小神殿で受けるので、明日の朝一で村から馬車で来る予定です。私たちは、小神殿で合流ですね」

「楽しみ～！」

ツェリン村の二人目の加護の儀式だ。

モーリスは今月で六歳になったツェリン村の少年で、花や畑への水やりなど、率先して手伝ってくれている。

さらに最近は順調に住民も増えているので、子どもも多くなってきた。毎月儀式に行くようになるのも、そう遠い未来ではないかもしれない。

＊＊＊

アルバラード王国の小神殿では、加護の儀式を行うために多くの子どもが来ていた。みんな、どんな加護を得られるだろうかとワクワクしている。

ツェリン村のモーリスも、アントンと手を繋《つな》いで楽しそうに話をしている。どんな加護を授かるか、予想したりしているのかもしれない。

ツェリシナも領主として来てはいるが、手続きなどはすべてアントンにやってもらっている。なので、絶賛見守りモードだ。

小神殿は大神殿ほど儀式の間が広くないということもあり、モーリスの順番はまだ先のようだ。


「いい加護を授かるといいですね」

「そうですね。モーリスは花の世話をこまめにしていたので、土か、水あたりの精霊が加護を授けているかもしれませんね」

ツェリシナの言葉に、ヒスイが予想を返してくれた。

どちらも今のモーリスにはぴったりな加護だろう。導きの神ヘイムダルの加護を持つヒスイの言葉なので、本当にそのどちらかになりそうだとツェリシナは思う。

「まだ時間はありますし、散歩でもしましょうか」

「そうですね。庭園を歩いてみるのもいいかもしれませんね」

「そうしましょう！」


ということで、小神殿の庭園にやってきたのだが——ソラティークにばったり会ってしまい、ツエリシナの心臓は驚いて止まるところだった。

（なななな、なんでソラティーク様が小神殿に⁉）

大神殿からの帰還後、実はソラティークと会っていなかったのだ。

一応、大神殿を出るときに加護の話を聞くことができたという手紙は出しているのだが……詳細は何一つ書いていない。

――リュカーリアとの結婚のことも。

「ツェリ！　今日は加護の儀式だから、ツェリン村の子どもの儀式に付き添ってツェリが来ているかもしれないと思ってな」

「そうでしたか……」

つまり、偶然ここに居合わせたというわけではなく、ツェリシナに会うために小神殿へやってきたようだ。

久しぶりにツェリシナに会えたこともあり、ソラティークはとても機嫌がいい。

「時間があれば、話をしたいが……どうだ？」

「……すみません。加護のことは、父の判断を待ってからでもいいですか？　わたくしの一存では、どうにも決めかねて……」

「ああ、わかった」

濁すような言葉だったけれど、ソラティークはすぐに頷いてくれた。

「ツェリに無理強いするつもりはないから、安心してくれ」

「ありがとうございます」

ソラティークの気遣いにほっとしつつ、しかしこの後の憂鬱《ゆううつ》なイベントは必ずやってくるのだ。婚約関係は、ベイセルと国王のアーウィン、それからアーサルジュたちが水面下で進めてくれている。ソラティークに話が行くのは、ある程度の目途が立ってからだろう。

（一応、結婚以外の条件にできないか陛下が交渉してるって言ってたから……）

最終的な決定がされるまでに、もう少しだけかかるだろう。

ただ、それによって咲かずの大樹の処理が遅れるということはないそうだ。リュカーリアも準備に多少の時間がかかるのだという。

せっかくなので、二人で庭園を散歩することに。

庭園には何種類かの花が咲いていて、ツェリシナはぼんやりと見つめる。

普段であれば、いつかツェリン村にも植えたいなんて考えるのだと思うのだけれど、今はまったくそんなことを考えられない。

（私、ソラティーク様に相談もしないで……リュカーリア様の結婚の申し入れを受けちゃったんだよね……）

しかも、事後報告だってしていない。

――最低だ。

ソラティークが横で笑ってくれていることが、いっそう辛《つら》く感じてしまう。

ツェリシナが花から視線を動かせずにいると、ソラティークが「そうだった」と話を切り出した。

「またツェリン村に遊びに行くと、メリア嬢に招待された茶会で約束したのを覚えているか？」

「――もちろんです」

ツェリシナが頷くと、ソラティークがぱあっと嬉《うれ》しそうに微笑《ほほえ》む。

「近いうちに、行っても構わないか？　最近は人口が増えているという話を聞いていて、気になっていたんだ」

「はい。人もそうですが、お店なども増えてきているんですよ」

「それは楽しみだ」

小さかった村は、どんどん発展していっている。

きっともう、ツェリシナがいなくても大丈夫なほどにはなっただろう。

それはちょっと寂しくもあるが、元々村のことはアントンに任せているし、仕事はどんどん村人にお願いしていくつもりでもあった。

「もう、わたくしがいなくても大丈夫なくらいで――」

そこまで口にして、自分は何を言っているのだとツェリシナは口元を押さえる。これでは、自分が離れると言っているようなものではないか。

しかしソラティークはそれに気づかなかったようで、「ツェリン村は優秀な者が多いのだな」と嬉しそうにしている。

ツェリシナの功績を、自分のことのように喜んでくれる。

（やっぱり、ソラティーク様に黙っているのはよくない……）

「……っ、ソラティーク様、あの……」

「うん？」

勇気を振り絞ってツェリシナが声をかけたが、しかしそのタイミングで第三者の声が重なってしまった。

それは、少し離れたところから自分を呼ぶ声。

「ツェリシナ様、モーリスの加護の順番が来ましたですじゃ～！」

アントンの呼ぶ声が耳に届いて振り向くと、慌てて手を振っていた。少し息を切らしているので、ツェリシナのことを捜し回っていたようだ。

しかしソラティークと一緒にいるのを見ると、慌てて頭を下げた。まさか、王太子がこんなところにいるとは思わなかったのだろう。

「わかりました、すぐに行きます！」

ツェリシナが返事をすると、アントンはもう一度頭を下げて先に小神殿の中へと戻っていった。

「……っ、すみません。もう儀式が始まるみたいで……」

「私のことはいいから、すぐに行ってくるといい。ツェリン村の大切な子どもだろう？」

「はい！　では、行ってきますね」

遅れて立ち会えなかったら大変だと、ツェリシナも急いで小神殿へと戻った。

＊＊＊

モーリスの加護の儀式は問題なく終わり、水の精霊の加護を授かった。そのため、大樹の周りにできた泉の手入れをしたいのだとモーリスははりきっていた。

「無事に終わってよかったぁ」

ツェリシナは馬車の中でぐぐーっと伸びをして、窓から外を見る。太陽はまだ高い位置にあるので、もうひと仕事くらいはできるだろう。

とはいえ、今からツェリン村に行ってもあまり時間はとれないので、屋敷《やしき》に戻ってソラティークに招待状を準備するくらいだろうか。

人口の増えたツェリン村を、ぜひソラティークに見てもらいたい。

(でも……言いそびれちゃった)

思い返すのは、先ほど小神殿の庭園でリュカーリアとのことをソラティークに話そうとしたときのことだ。タイミングが非常に悪かった。

悪かったのだが——

「もしかしたら、言うべきじゃないってことだったのかな」

別に、意図的に邪魔されたわけではない。

しかしだからこそ、不安に思ってしまうのだ。どうせ悪役令嬢の自分は、元々ソラティークと結ばれる運命ではなかったのだから——と。

「——……」

今のツェリシナには、運命とは残酷だと思うことしかできなかった。

そしていろいろあって失念しがちだったが、実は明日は――ツェリン村の特産品、『大樹の蜂蜜』の販売日だったりするのだ。

計画していた当初は、発売予定の水の月はまだまだ先だと思っていたのだが……気づけばもう明日だ。

王室御用達《ごようたし》となった大樹の蜂蜜《はちみつ》は、三ヶ所での販売を予定している。

ピコット商会のツェリン村支店、ハルミルの町のピコット商会本店、そしてこの度新しくオープンしたピコット商会王都支店！　この三店舗で、大樹の蜂蜜は販売される。

ピコット商会の王都支店は、ツェリン村に支店を出した少し後から計画をしていたのだとニコラスが教えてくれた。高級路線の、貴族御用達にしたいのだという。

ツェリン村の蜂蜜はかなりの高級品だけれど、発売前から購入を希望する声が絶えず届いている。なので、明日は朝から整理券を用意して対応することにしているのだ。

――と、思っていたら……何やら列ができているのを発見した。

「なんだろう？」

王都はいろいろなお店があるので、列ができることもなくはないのだが……軽く一〇〇人ほど並んでいる光景を見るのは初めてだ。

何かあるのだろうかと視線を巡らせ、先頭はどこだろうと並ぶ人を追ったのだが、あいにく曲がり角で先が見えない。

「えぇ～！　気になるのに……あの先は――ん？」

あの曲がり角の先には、ピコット商会の新店舗があるはずだ。

「いやいやいや、まさか、そんな」

しかしよく思い出してみてほしい。

前回、ハンドクリームを販売したときは――ツェリン村へやってくる馬車が渋滞していた。それに比べたら、人間が並ぶだけなので簡単だ。

しかも、購入を求めているのはほとんどが貴族。使用人に「並んでおきなさい」と命令しておくだけ。楽ちんだ。

「あわわわわわっ！　ヒスイ、ヒスーイ！」

御者をしているヒスイに声をかけ、ツェリシナはすぐに馬車を止めるように叫んだ。


ピコット商会の王都支店の前にずら～っと行列ができている。お店のオープンは明日《あした》なのだが、前日から徹夜で並んでいるようだ。

ヒスイは「うわぁ……」と素直な感想を抱いて若干引いている。

（ああでも、日本でも数日前から並ぶ人が一定数いたよね……）

今回はどうしようもないが、次回からは並んでいい時間も明記しておかなければならないようだ。さすがにこれでは、近隣の店舗に迷惑がかかってしまう。

「さすがにこれは、どうにかしないとまずいですよね……」

「通行人の邪魔にもなっちゃうからね。どうすべき――あれ？」

「あ、前の方で何かあったみたいですね」

列がばらけ始め、並んでいた人たちが解散したようだ。スムーズな流れだったので、ツェリシナとヒスイは気になって店舗までやってきた。

見ると、ニコラスをはじめ、従業員の何人かが並んだお客さんに説明をして列をばらしていた。

「すみません、前日から並ぶのは禁止させていただいております。ああ、いつも伯爵様にはよくしていただいておりまして……ありがとうございます」

「あ……わかりました。出直します……。明日はどうぞよろしくお願いいたします……」

今回上手《うま》くいっているのは、並んでいる人のほとんどが貴族の使用人、というところだ。ニコラスはあれでいて顔が広いので、どの家の者かわかるのだろう。

使用人では、仕えている主人の家名を出されて注意をされたら従わないわけにはいかない。今後、主人に不利益なことが起きてしまうかもしれないからだ。

（さすがニコラスさん！）

ツェリシナの隣では、ヒスイも感心しているようだ。

「挨拶《あいさつ》していきますか？」

「わたくしが出ていくとややこしくなってしまうでしょうし、今日はやめておきましょう」

「はい」

それに、この忙しいタイミングで押しかけるなんて迷惑なことこの上ないだろう。

明日は大成功の予感しかしないと、そう思いながらツェリシナは屋敷へ帰った。

＊＊＊

そして翌日。

発売した『大樹の蜂蜜』は、あっという間に売り切れてしまった。

いやいや、早すぎないか？　と思うかもしれないが、本当にすぐなくなってしまったようだ。厳密にいえば、整理券が一瞬でなくなった。

ツェリシナはヒスイと一緒に王都支店へ来ているが、広めにした店内もお客さんでごった返している。

今日のオープンに合わせてハンドクリームを入荷しているので、それを目当てにしている人も多いようだ。

本当は手伝おうと思っていたのだが、きびきび働く従業員を見たら自分はいない方が幾分かましだというのは想像にたやすい。

「ツェリシナ様！　お待たせしてすみません、奥へどうぞ！」

どうしようかと困っていたら、ちょうどニコラスが顔を出してくれた。

「ありがとうございます」

人の波から逃げるように、ツェリシナたちは店の奥の応接室へ案内してもらう。

満員御礼でにこにこの、ニコラス・ピコット。

ツェリン村に初めて来てくれた外部の人で、商人としてツェリン村にとてもよくしてくれている。

上品なスーツに身を包んでおり、物腰は柔らかだが熱血な一面も持つ優秀な人物だ。


ツェリシナはソファへ腰かけて、「昨日もすごい人でしたね」と話す。

「ああ、もしかしてご覧になっていましたか？　そういえば、昨日は加護の儀式でしたね」

「そうです。小神殿からの帰り道で、偶然長蛇の列を見てしまって……とても驚きました」

もちろん今日も店の中へ入るための列ができているが、昨日と比べたらその半分もいない。それでも、店内に入るまでは一時間ほどかかる。

ニコラスは秘書の持ってきた紅茶を「どうぞ」とツェリシナに促し、話を続けた。

「実は……薄々こうなるのではという予感がしていたんです。新商品の蜂蜜は王室御用達ですし、そもそも大量に生産できるものではありませんから、付加価値だってつきます」

それに、ハンドクリームの販売のときも大変だった。ニコラスは、ちゃんとそのときの教訓を生かしているようだ。

大樹の蜂蜜を手に入れることは、貴族として一種のステータスのようなものなのだと、ニコラスは言う。

（頼りになる～！）

「ですから、誰もが蜂蜜をほしがるんですよ」

「とても光栄ですが、美味《おい》しく味わってほしいですね……」

ニコラスの言葉に、ツェリシナは苦笑する。

お茶会で令嬢たちのマウントの取り合いに使われなければいいなぁ、なんて思うのである。

（って、それは悪役令嬢の私こそやらなきゃいけないイベントか！）

ヒロインに向かって、王室御用達の蜂蜜よ。あなたでは買えないでしょう？　なんて言うのだ。

（めちゃくちゃ悪役っぽいな……）

自分には無理そうだと考えていると、ニコラスが「そういえば」と話題を変えた。

「ツェリン村も、ずいぶんと賑《にぎ》やかになりましたね」

「ええ。たくさんの方が移住してきてくださって、嬉《うれ》しい限りです。これからも増えていくと思います」

「やはり私の目に間違いはありませんでしたね」

ニコラスの言葉に、ツェリシナはくすりと笑う。

「そういえば、ポテトチップスを食べてツェリン村に来てくれたんですよね」

「ええ！　あの料理は革命でしたからね！」

ツェリシナたちが初めてハルミルの町でポテトチップスを販売したとき、ニコラスは食べてくれたのだという。その美味しさに感動して、ツェリン村に支店を出してくれたのだ。

ニコラスにとって、これほど英断だったことはないだろう。

「いやぁ～、次の商品が楽しみですね！」

「そんなにたくさん出てきませんよ⁉」

どうやら、まだまだニコラスに期待されているようだ。

✦ツェリシナ・リンクラート✦

所有大樹:Lv.10
守護神獣:トーイ
所有領地:アルバラード王国リンクラート領第二地区
UP! **領民**:136人 ⬆

大樹スキル

領民の祈り
:大樹の周りに泉ができる
豊穣《ほうじょう》の加護 Lv.4
:大樹の半径5キロメートルの作物がよく育ち、土の品質アップ
甘い蜜 Lv.2
:大樹が甘い蜜を発し、蝶々《ちょうちょう》・蜂《はち》を惹《ひ》きつける
魔除《まよ》けの加護 Lv.3
:大樹の半径5キロメートルは魔物が来ない

原初の大樹:収穫量がアップ
領地命名:収穫量がアップ
領地の名物:領地の知名度がアップ
一撃必殺:攻撃力がアップ
寄付の心:神殿ショップ利用可
領地の子:領民の体力がアップ
祈りの心:領民の耐性がアップ
神殿の祝福:作物の収穫量がアップ
NEW! **王室御用達《ごようたし》**:観光客がアップ
NEW! **安らぎの場所**:領民の自然治癒力がアップ

あまり長居をすると迷惑になってしまうので、ツェリシナはちょうどいいタイミングで話題を切り上げ、ピコット商会を後にした。

＊＊＊

蜂蜜の販売は無事に終了し、ツェリシナはツェリン村のために忙しい毎日を過ごしてきた。それはもう、がむしゃらに働き、新しいスキルも取ることができた。

「アースガルズシステム、【起動】」

部屋のベッドに寝転がって、ツェリシナは発展した村の情報を眺める。

王室御用達になった蜂蜜を販売したので、スキルが一つ増えた。さらに、一〇〇人だった住民が三六人も増えている。

しかも、新しいスキル【王室御用達】は観光客がアップする。さらにツェリン村に人の行き来が増え、おそらく住民も増えるだろう。

【安らぎの場所】は、ツェリン村に病院ができたことで得たスキルだ。これで、健康面は今までよりも安心できる。

（すごいなぁ……）

本当にもう、自分がいなくても村は大丈夫そうだ。

ツェリシナはベッドから起き上がって、バルコニーへ出る。夜の風はまだ肌寒いけれど、頭はすっきりする。

——実は今日、リュカーリアとの話し合いが終わった。

それはツェリシナとではなく、家と、アルバラード王国としての話し合いだ。結果、ツェリシナは当初の予定通りリュカーリアと結婚することになった。

「……まあ、それが妥当よね」

ソラティークのことは慕っているけれど、もともと結婚できるとは思っていなかった。だから別に、後悔などはない。

むしろ、当初はほかの男性と結婚するつもりで身上書をアンナに用意させていたくらいなのだから。

ツェリシナの心とは裏腹に、夜空にはいっぱいの星が輝いている。ずっと見ていたいと思うほどに、美しい。

「大丈夫、私は悪役令嬢だもん。強くやっていける……はず、なの……に」

ツェリシナの口から出る言葉とは裏腹に、ローズピンクの瞳《ひとみ》から涙が零《こぼ》れ落ちる。前々から強気なことは言っていたが、やはり自分はソラティークのことが大好きだったようだ。

「……ソラティーク様。今まで、婚約者として隣にいさせてくれてありがとうございました」

星たちが見守るなかで、ツェリシナは祈るように感謝の礼をした。

＊＊＊

ざあああという雨の音で、目が覚めた。

「……雨？」

普段より少し早い時間に目が覚めたツェリシナは、カーテンの隙間《すきま》から外を見る。雨が降っているけれど、遠くは明るい。

（朝のうちに止《や》みそう）

今日はソラティークと一緒にツェリン村へ行くので、晴れてもらわなければ困ってしまう。雨の中の移動は大変だし、村の中を歩くとなると足元がぐちゃぐちゃになる。

「……もうひと眠りしようかな」

ヒスイが起こしに来るまでと、ツェリシナはもう一度ベッドにもぐりこんで眠りを堪能《たんのう》した。

二度寝から一時間ほどが経《た》った。

窓の外は雨が降っていて、ツェリシナは絶望したような表情になる。てっきり、一時間もあれば雨も止むと思っていたのに。

「でも、向こうは明るいから……晴れるはず」

せめて雨雲が一緒に移動しないことを祈りながら、ツェリシナはツェリン村へ向けて出発した。

＊＊＊

馬車で屋敷《やしき》を出て少ししたら、雨が上がった。

「いい天気になってよかった……」

ツェリシナがほっとすると、向かいに座るソラティークが頷《うなず》きながら空を指さした。見ると、虹《にじ》がかかっている。

「わ、綺麗《きれい》……」

「こういう景色を見ると、雨も悪くないと思えるな」

「そうですね」

晴れ間からのぞく虹を見ながら王都を出て、ツェリシナたちは無事ツェリン村に到着した。

「おお、こんなに建物が増えたのか！　それに、パンが焼けるいい匂《にお》いもするな！」

「病院に、パン屋さんに、花屋さんと……あっという間に充実してしまいまして。今、宿も建設しているんですよ。大工の方も、ハルミルやほかの町から応援に来てくれているみたいで」

久しぶりにツェリシン村に来たソラティークは、建物や人が増えたツェリシン村に驚きを隠せないようで、子どものようにはしゃいでいる。

「すごいな！　普通、何もなかった場所を一年でここまで発展させるのは難しいんだぞ？」

「ありがとうございます。きっと、父が行っていた道の整備が順調ということも理由に入っていると思いますよ」

ツェリシナの父ベイセルは、前々から仕事で道の整備を行っている。草原だった場所に道ができれば、町と村の行き来はぐっと楽になった。

そのため、ツェリシン村にも多くの人が訪れやすくなっているのだ。

父親の仕事が順調に上手《うま》くいっていることは、娘としてもとても嬉しい。

村を案内しながら歩いていると、ソラティークが足を止めてものすごい顔をした。

「ソラティーク様……!?」

いったい何があったのだとツェリシナがソラティークの視線を追うと……大樹があった。しかしソラティークの視線はその少し下、泉に向いている。

（そうだった、大樹の周りが泉になったことはソラティーク様に伝えてなかったんだった!!）

さすがにこれには驚いても仕方がない。

「つぇつぇつぇ……ツェリ？　なんだ、あの大樹は……とても神々しいんだが……」

「……背が、高くなりましたからね」

「それだけではないだろう⁉」

大樹は、住民が増えるのと比例するように、どんどん大きくなっていった。

ツェリシナの背はとっくにこして、今では木陰の役割もこなしてくれるし、葉の合間からさす木漏れ日が気持ちいいのだ。

ソラティークはおそるおそる泉に近づいていき、しゃがんで覗《のぞ》き込んでいる。警戒している小動物みたいだ。

泉の水はとても澄んでいて、底と大樹の根が見える。小さな魚も泳いでいるけれど、大樹の神聖な泉だからと、誰かが獲《と》ったりすることもない。

ただ、最近では悪さをされないように見張りを置いた方がいいのでは？　という話が詰所《つめしょ》で出ているらしい。

この大樹は、ツェリン村の人たちにとって、とても大切なものなのだ。

「……近い将来、ツェリと二人で王城の大樹を育てると思うと……なんだかワクワクしてしまうな」

「――――っ！」

「ツェリ？」

「あ、いえ……なんでもないです」

何気ないソラティークの言葉に、うっかり動揺してしまった。慌てて首を振って笑顔を見せたけ

れど、変に思われてしまったかもしれない。

（ソラティーク様には、陛下が伝えるって言ってたから……）

婚約が破棄されることを知るのは、もう少し先だろう。

「ずっとずっと、こうやってツェリと大樹を見て過ごしたいものだな」

「………」

――ソラティークとこうして大樹を見るのは、最後かもしれない。

無意識のうちにソラティークの服の袖《そで》を掴《つか》もうとして上げた手を、ツェリシナは下ろす。自分にはもう、そんなことをする資格なんてない。

「ツェリ？」

「……いいえ。ソラティーク様と一緒に大樹を育てたら、とても楽しいだろうなと思ってしまいました」

「そうか」

ツェリシナの言葉にソラティークは微笑《ほほえ》むが、婚約者のどこか寂しそうな笑顔だけは……少しばかり気になった。

閑話　村のためにできること　――レオ

俺の名前はレオ。

生まれてしばらくしてから捨てられたらしくて、物心ついたときからスラムで暮らしてきた。育ててくれたのは、俺を拾ってくれたアントン爺《じい》。

親代わりのアントン爺と、兄のようなガッツが、なんとハルミルの町を出る計画をしていると俺たちに話してくれたのは……いつだったか。

俺たちは、スラムで家族だった。

だから一緒に、何もない第二地区にやってきたんだ。何もないこの場所であれば、咎《とが》められることもないだろうと考えて。

でもまさかここが、村になるとは思っていなかった。

俺たちは今、最高に幸せなんだ。

＊＊＊

「……これは由々しき事態なんじゃないか？」

畑でジャガイモの収穫をしながら呟《つぶや》くと、隣で作業をしていたロジェが「どうしたんだ？」と不思議そうにこっちを見てきた。

どうやら、独り言を聞かれていたみたいだ。

俺は若干気まずい気持ちになりつつも、もやもやしたこの気持ちが晴れるのならば……と、その理由を口にした。

「俺さ、今までずっと一番の力持ちだったじゃん。それだけは、スラムにいたころからガッツさんよりも上だったし……だけど」

「だけど？」

「兵士の人たちが派遣されてきてから、負けてるんじゃないかって思って……」

「………」

きっと、ロジェは俺の言葉を聞いて「なんだ、そんなことか」と思っただろう。けれど、力持ちということは俺にとって誇らしいものだった。

丸太だって軽々持てるし、スタミナだってある。でも、それを取ってしまったら何もできない駄目な人間になってしまう気がして……。

話を聞いたロジェは、大きく息をはいた。

「なんだよ、そんなことか〜〜！」

やっぱりそう言う。

俺が頬《ほお》を膨らませると、ロジェは「こらこら」と叱《しか》ってくる。

ロジェは俺より二つ年上の二四歳で、なんでも器用にこなすすごい奴《やつ》。何か悩みがあったりすると、ロジェに聞いてもらうことが多い。

「そんなことって、俺にとっては重大な問題なんだぞ？　こう、ツェリン村での存在意義がなくなりそうっていうか……」

「存在意義って……いやいや、レオはいるだけでも意義があるだろう！　俺とは違って、甘く優しい顔！　それに明るいし、いろんなことを率先して手伝うし……お前、知らないのか？　新しくツェリン村に越してきた女の子たちは、みんなお前を気にしてるんだぞ‼」

「はっ⁉」

まったく予想外のことを言われ、俺は焦る。

女顔のことは昔からちょっとコンプレックスではあるけれど、今までそれでモテたことは一度もない。モテるもんなら、俺だってモテたいくらいだ。

というか、俺よりも全然ロジェの方がモテてるんだけどな。なんでも器用にこなすから、女の子がロジェに頼りにくるし……。

まあ、俺も重たい荷物を持つ役とか、瓶の蓋《ふた》を開けてくれとか、そういうことはよく言われたりしたけど……。

いっそ、俺も村の詰所に入れてもらおうかな。そうすれば、体力だけじゃなくて、剣の腕が上がるかもしれない。

そんなことを考えていたら、「祭りをするぞ～！」というガッツの声が聞こえてきた。

「なんだなんだ？」

「祭りって、突然だね」

ロジェが立ち上がって、ガッツにどういうことか問いかけている。特に意味もなく祭りをするはずはないから、何かしらのお祝い事が——あ。

「この村にツェリシナ様が来てから、ちょうど今日で一年だ」

「——！　そうか、そういやそうだな」

俺の言葉に、ロジェは納得した顔で頷いた。しかしすぐに、「やばくないか？」と俺の方を見た。

「何が？」

「いや、普通はもっとこう……事前に準備をして、ツェリシナ様を驚かせるくらいがよかったんじゃないか？」

「確かに……！」

思い出すのは、俺たちの誕生日のことだ。スラムではいつも、それぞれの誕生日にはこっそりいつもより豪華なご飯を用意したりしていた。

なのに、今日はそれが何もない。ツェリシナ様は、スラムの肥溜《こえだ》めのような俺たちをちゃんとした人間にしてくれたんだ。

俺たちにとって、とてもとても大切な人。

なのに、一年の節目をみんなが忘れていたなんて……‼

「ロジェ、すぐにツェリシナ様が驚くくらいすごい祭りの準備をするぞ！」

「そうだな！　気合入れて料理の準備をしよう！」

今日の収穫は終わりにして、俺たちは急いで祭りの準備を始めた。

＊＊＊

祭りの準備が終わると、ツェリシナ様が大樹の前に立った。

「突然だったにもかかわらず、集まってくださってありがとうございます。……本日は、ここに大樹を植えてちょうど一年です」

俺たちだって忘れていたのに、まったく怒らないどころか、ツェリシナ様は感謝の言葉まで口にしてくれる。

とてもできた人だと、改めて思う。

「ツェリン村がここまで大きくなったのは、みなさんの助けがあったからこそです。そしてこれからも、ツェリン村はみなさんの力で大きくなっていくでしょう。心から、お礼を言いたいです。本当に、ありがとうございます」

ツェリシナ様の言葉を聞くと、胸が熱くなって、じんわりしたものが込み上げてくる。この感情は、俺がツェリン村で過ごすようになってから知ったものだ。

今までの俺だったら、きっと何かを成し得るようなことはなかっただろうから……。

「そして、ずっとツェリン村を見守ってくれていた大樹にも感謝しています。みなさん。どうか、わたくしと一緒に大樹へ祈りを捧《ささ》げてはくれませんか？」

もちろん、という意味を込めて頷《うなず》く。周りを見ると、ロジェやエリクも誇らしげな表情で頷いていた。

「――では、祈りましょう」

ツェリシナ様の言葉と同時に、大樹がきらめいた。

――え？

息が、止まるかと思った。

大樹の根元から水が湧《わ》き出て、あっという間に大樹を囲むような形で泉ができてしまった。大樹はきらめきが増していて、そう、これは――

「これは……奇跡か？」

俺がぽつりと言葉をもらすと、すぐ横にいたエリクも「奇跡だ」と口にした。すると、周囲の人みんなが「奇跡」と言う。

大樹の横で微笑むツェリシナ様は女神そのもので、奇跡なんて、簡単に起こしてしまえそうだと……俺は思ったんだ。

「……俺、力自慢を生かして、この泉を守りたいな」

「それ、いいかもな。大樹の守り人ってやつだな」

「ツェリン村にも人が増えてきたから、大樹の側《そば》に人がいるのはいいよな」

無意識の内に出てしまった願望を、隣にいたロジェとエリクが肯定してくれた。

ツェリシナ様は忙しくて、ずっと村に居られるわけではない。ツェリシナ様が不在の間でも、安心してもらえる環境にしたい。

「まずは、アントン爺とガッツに相談してみる！」

やりたいことを見つけてしまった俺は、年甲斐《としがい》もなくアントン爺とガッツのところまで急いで走ったのだった。

＊＊＊

「ん〜〜、上手《うま》く書けない……」

俺が木の板とにらめっこしていると、ロジェが「何やってるんだ？」と覗《のぞ》き込んできた。

「うわ、汚いな……。あ、泉に関する説明？」

「そうだよ」

まず自分ができることを少しずつ始めようと思った俺は、泉のところに看板を立てることにした。

ツェリン村に住んでいる人ならいいけど、最近は観光客や商人も多い。なので、むやみに泉にいる魚を獲《と》ったり、汚したりしないようにという注意書きを作っている。

難点は、俺の字が下手くそということだろうか。

「これでも、わからない文字はアントン爺に聞いたりしたんだよ……」

それから多少は練習もしたので、そこそこマシになったと思いはするけど……看板にして立てたら、やっぱり下手さが目立つだろう。

するとロジェが看板を手に持った。

「あ、何するんだよ」

「何って、大樹のところに立てるんだろ？」

「そうだけど……下手すぎるだろ」

ロジェだって汚い字だと言ったくせに、いったいどういうつもりなのか。俺が睨《にら》むように見ると、ロジェは「あはは」と笑う。

「別に、そんなの気にしないさ。レオが気になるなら、上達したときに書き直せばいいだろ？」

一生懸命作ったんだから、ちゃんと使えとロジェが言う。

「お、おう……」

——なんだよ、結構いいこと言うじゃないか。

「サンキュ」

「おう」

俺たちは大樹の下へ行って、下手くそな文字の看板を立てた。

「おお～、こうやってみると結構いいな！」

「そうかなぁ……」

ロジェは褒めてくれるけれど……しかしやっぱり俺の下手くそな字は気になる。

これではツェリシナ様の大樹に申し訳なく思ってしまったので、俺は早急に文字の練習をして書き直したい衝動に駆られる。

「字って、どうやったら上手くなるんだろう……」

俺がぼそりと呟くと、聞こえたらしいロジェが「そうだ」と手を叩《たた》く。

「クロエに聞いてみるのはどうだ？　前に何か書き物をしてるのを見たけど、上手かったぜ」

「確かに上手そうだ！」

クロエとは、ピコット商会で働く従業員の女性だ。

ツェリシナ様のことが大好きすぎてテンションが高くなることが多々あるけれど、仕事態度はまじめで、最初にツェリシナ様のハンドクリームを作ったとか。

「よっし！　俺、教えてもらえないか聞いてくる！」

「今からか⁉　ま、まあ……頑張れよ」

「ああ！」


これで字が上達したら、もっと立派な看板を立てよう。俺は自分にそう誓って、ピコット商会へ全力で走った。

4　悪役令嬢からの婚約破棄

ツェリシナは、ソラティークのことが大好きだった。いつからと問われたら、それは前世でゲームをプレイしていたときからだろうか。

転生してからも、その感情に変化はなかった。だからこそ、自分が悪役令嬢に転生したことを嘆いた。

けれど同時に――死を、恐怖した。

自分が死ぬ可能性と、ソラティークと添い遂げる可能性、その二つが同時にあるため、ツェリシナはどうしても死を考えその道を選ぶことができなかった。

もし、自分が死んでしまうかもしれないことを気にせずに、現実になったのだから自分の行動が悪くなければ死なないと、そう思って後者を選んでいたら……また違った結末に辿《たど》り着いていたのだろうか。

――しかしその結末は、誰にもわからないのだ。

＊＊＊

「父上、話とはなんですか？」

「来たか」

ソラティークは、父――アーウィンの執務室に呼ばれて顔を出した。

仕事の話だろうと思っていたのだが、普段と違う雰囲気を感じて無意識の内に背筋を伸ばす。

(何かあったのか……？)

側近だけを残し、アーウィンは人払いを行った。これによって、かなり重要な話し合いが行われるのだろうということがわかる。

どこか嫌なものを感じ、ソラティークは膝《ひざ》の上に置いた拳《こぶし》をぎゅっと握りしめた。

深刻な表情をしている、アーウィン・ティア・アルバラード。

アルバラード王国の国王であり、ソラティークの父親だ。

長い空色の髪は三つ編みにして結び、頭には王冠をつけている。国民のことをとても大切にしているよき王で、ツェリシナのことも生まれた頃から可愛《かわい》がってくれている。

アーウィンがゆっくり深呼吸したのを見て、ソラティークも落ち着くために長く息をはく。いったい、何を言われるのか。

(もしや、何か病気になってしまった……とか?)

それならば、人払いをしたことも頷ける。

しかし、目の前にいるアーウィンはもちろん、昨日一緒に夕食を取った母もいたって健康そうだった。

(となると、メリア嬢がまた暴走をしてしまった……とか?)

そうだったら嫌だなと、げんなりする。後処理のために走り回り、ツェリシナとの時間が減ってしまう。

けれど——アーウィンの言葉は、ソラティークが一番考えていないものだった。


「ソラティーク、お前とツェリシナ嬢の婚約が解消された」

「——は?」


これほどまでに言葉を理解できないことは——理解したくないことは、初めてだった。

今までで一番、自分の声に抑揚がなく、低かっただろうとソラティークは思う。それほどに、感情の制御が難しくて。

「どういうことですか、父上——いいえ、陛下」

息子ではなく、王太子としての立場でアーウィンに説明を求める。中途半端な答えでは、決して納得するつもりはない。

(解消する、ではなく……解消された、か)

ソラティークは当事者だというのに、こちらに何の権利もないではないか。

そして同時に、婚約が解消される理由は何があるだろうかと考える。

ツェリシナは女神の加護を授かっていることがわかっていたが、その女神の名前をソラティークは知らない。

もし、ツェリシナに理由のあるものならば、おそらく女神が原因なのではないかと考える。

（なんといっても、運命を変える女神なのだから……）

もしその力を知られたら、誰もが手に入れたいと願うだろう。


逆に、自分が原因である場合。

ソラティークには弟がいないし、妻を娶《めと》らないという選択肢はない。また、自分が何か罪になるようなことも行った記憶はない。

そうなると、他国の王族から婚姻の申し込み、もしくは婚姻を条件とした契約のようなものが発生した場合が考えられる。

しかし、今は突出している国や、和平を結ばなければいけない国もないため、その可能性は限りなく低いだろう。


となると、ツェリシナの加護の力が他者にばれた……と考えるのが妥当か。

その予想は、当たりだった。

「ツェリシナ嬢は、神殿長のリュカーリア様と婚約をした」

「――⁉　それは既に、断ったはずではありませんでしたか？」

どうして今になり、それが蒸し返されるのか。

やはり随分としつこい男だったのだなと、どうにもリュカーリアを信用できなかったソラティークは思う。

「確かに、あのときは断ったたし、私も了承した。しかし今回は、また違う話なのだ」

「違う話……？」

「……咲かずの大樹を、お前は知っているね」

「――！　まさか、それが……交換条件だとでも言うのですか」

ソラティークの振り絞るような言葉に、アーウィンは静かに頷《うなず》いた。


咲かずの大樹の話は、ツェリシナから聞いている。

むしろ、それが咲かずの大樹であることを教えたのはソラティークだ。ただ残念なことに、それを対処する方法までは自分ではわからなかった。

（あの男であれば、どうにかできるのであろうな）

その交換条件が、ツェリシナとの婚姻だったのだろう。


（やはり、ツェリの加護が目的か？）

まさかツェリシナを愛している――なんてことは言わないはずだ。

なんとも下衆《げす》なことを考える。

「……咲かずの大樹のことをツェリに相談されたときに、私が気づいていれば……いや、何がなんでも大神殿へついていくべきだった！」

「私も、ほかの条件では駄目か随分と交渉したが……リュカーリア様が求められているのは、ツェリシナ嬢だけだったよ。地位も、富も、名声も、すべて手にしている者との交渉というのは、否応《いやおう》なく自分の無力さを実感させられるものだな……」

そう言ったアーウィンは、自分の拳を強く握りしめていた。血がにじむほどのそれに、慌ててソラティークが止める。

「――話は、以上だ。不甲斐《ふがい》ない父ですまなかった、ソラティーク」

「いえ……私こそ、自分の不甲斐なさを悔やむばかりです」

アーウィンは席を立ち、うつむくソラティークを心配げに見つめつつ……ゆっくりと執務室を出た。

今は、ソラティークが一人で考える時間が必要だとの判断をしたのだ。

誰もいなくなった執務室で一人、ソラティークは茫然《ぼうぜん》としていた。

自分とツェリシナはもうすぐ結婚し、幸せな未来を築くとばかり思っていた。それなのに、婚約が解消されていたなんて。

ツェリシナは、この話を知っていたのだろうか？

「――知らぬわけは、ないか」

おそらく大神殿に行った際、リュカーリア本人から告げられたのだろう。あの男は、ひどく直接的で、逃げ道のない方法を選ぶ。

本来であれば水面下でなんらかの準備をするが、それをあまり気にしていないというか、そんなことをせずとも望みが通ってしまうと言えばいいのか。

短く、けれどソラティークにとっては長い沈黙が落ち——

「——ツェリ、っ！」

ソラティークはテーブルに拳を打ちつけて、掠《かす》れるような声で愛《いと》しい人の名を口にした。

＊＊＊

「ツェリ様、リュカーリア様から手紙が来ていますよ」

「ありがとう」

ヒスイが持ってきてくれた手紙を受け取って、ツェリシナは封を開ける。読むと、大神殿を出発してこちらに向かっているという旨が書かれていた。

手紙を持つツェリシナの手に、無意識に変な力が入る。

「大丈夫ですか？　ツェリ様」

「あ、ごめんごめん。私は大丈夫」

咲かずの大樹は、さらに成長を続けていた。

その高さは、ツェリシナの腰ほどになっているだろうか。雨が降る頻度も増えているので、いよいよツェリシナの焦りも大きくなってくる。


「――でも！　もうすぐ咲かずの大樹がなくなるんだから、喜ぶべきだよね‼」

過剰に元気にしようとしたら、トーイがツェリシナの膝に飛び乗ってきた。

『わっふ！』

「きゃっ、トーイ！　もう、どうしたの？　甘えてくれるの？　ん〜、もふもふは最高だ〜〜！」

トーイをぎゅっと抱きしめると、白いもふもふに包まれる。その柔らかさは、高級羽毛布団を遥《はる》かに凌《しの》いでいるだろう。

今は自室にヒスイとトーイしかいないので、思いっきり素で行動することができる。

じゃれあうツェリシナとトーイを見て、ヒスイはやれやれと肩をすくめる。

「それで、手紙にはほかになんて書いてあったんですか？」

「え？　ああ、えっと……咲かずの大樹を処理したあとは、ツェリン村の大樹を見たいって」

「なるほど……ツェリン村も準備しておかないといけないですね」

「うん……」

リユカーリアを迎えるのだから、休憩用にゲストルームも整えておかなければいけないだろう。

それから、神殿長が訪問するので粗相のないように……と、みんなに説明もしておきたい。

ツェリシナが段取りを考えていると、ヒスイが「大丈夫ですかね……」と不安そうな声をもらした。

「ツェリン村の大樹って、正直に言ってちょっと異質じゃないですか？」

「異質って……」

もっとほかに言い方があるのでは、と思ってしまうが……まあ、確かにほかの大樹に比べたらかなり神々しく見えるかもしれない。

ハルミルの町の大樹も立派ではあったけれど、立派な木、と言われてしまえばそれまでだ。

ツェリシナの大樹は、蝶々《ちょうちょう》やフラワービーという特殊な蜂《はち》がやってくるし、きらきら輝いている。さらに、最近は泉もできて魚も泳いでいるという始末。

「…………あはは」

——笑うしかない。

今になって、事実から目を逸《そ》らしたくなってしまった。

ツェリシナが見たことのある大樹は、父親が育てているハルミルの町の大樹と、自分の大樹と、大神殿の大樹だけだ。

大神殿の大樹は場所も相まってとても神秘的ではあったけれど、フラワービーは飛んでいないし、泉だって湧《わ》き出てはいなかった。

「あれ？　もしかして私の大樹って世界一じゃない？」

「めちゃくちゃポジティブですね、ツェリ様……」

「……ハッ！　冗談よ、冗談」

そもそも、大樹がすごい……というのは、人伝《ひとづて》にいろいろな場所へ伝わっているはずだ。おそらく、リュカーリアの耳にもとっくに届いているだろう。

「いや、世界一だと思いますよ」

本当にすごいのだということをもう少し自覚してほしいと思うヒスイだった。

＊＊＊

ツェリン村の屋敷《やしき》にやってきたツェリシナは、ゲストルームを整えておくようオデットに頼んだ。

だいたいのものは王都のお店で購入したので、届いたものを受け取り配置、掃除をするのがオデットの仕事だ。おそらく、もう少ししたら届くだろう。

もし人手が足りないようであれば、誰かに手伝ってもらっても問題はない。

「わ、私なんかが神殿長様のゲストルームを整えていいのでしょうか……」

使う相手を説明したら、ソラティークと一緒に大神殿へ行ったとき以上にオデットが緊張してしまった。

「優しい方ですから、大丈夫ですよ」

「が、頑張ります……！」

「よろしくお願いします」

ひとまず、これでツェリン村は問題ないだろう。アントンにも、神殿長が来ることを伝えておいたので、みんなに周知してくれるはずだ。

あとは何をするべきか――と考えていたら、玄関のベルが鳴って来客を告げた。

「もしかして、もう家具が来たのかしら」

「すぐに対応いたします」

「お願いしますね」

オデットが玄関を確認しに行くと、「あ、ケルビンさん」という声が聞こえてきた。どうやら、来客はケルビンだったようだ。

（ということは、私に用事かな？）

玄関まで様子を見に行ってみると、ケルビンのほかに二人の男性と一人の女性が一緒だった。男性二人はケルビンの部下でツェリシナも面識があるが、女性は初めて見る顔だ。

ケルビンがツェリシナに気づき、礼をする。それにならって、三人も頭を下げた。

「何かありましたか？」

「村は平和です。今回お伺いしたのは、ツェリシナ様のお屋敷に警備が必要なのではないか……と思いまして。人員を選定して、お話をしに来たんです」

ツェリシナの護衛と屋敷の警備に関しては、どうにかしなければいけない問題だったのだが、後回しにしてしまっていた。

そこで、ケルビンに相談をしようと思っていたのだが……提案にきてくれるとは、ありがたい。

「この村は危険がないとはいえ、ツェリシナ様は領主様ですからね。護衛がいてもいいと思うんです」

「落ち着いたら護衛を……とは思っていたんです。ありがとうございます、ケルビンさん。お茶を用意しますから、こちらへどうぞ」

「ありがとうございます」

リュカーリアと婚約をしたので、結婚するまでという短い間になってしまうけれど、ツェリン村は人口もほかの町や村から足を運ぶ人も増えた。

（それに、リュカーリア様も大樹を見に来るって言ってたし……）

そういったことを考えると、さすがに護衛なし、というわけにもいかないだろう。


オデットに紅茶を用意してもらい、応接室で詳しい話をすることにした。

やってきた三人は、全員が腕に覚えのある実力者なのだという。女性が一人いるのは、男性では同行しづらい場合などもあるためだ。

一人ずつ、簡単に自己紹介をしてくれた。

「私はハリーです。ツェリン村とポテトチップスが大好きです」

「私はローガン。ツェリシナ様をお守りできるのであれば、それ以上に光栄なことはありません」

自己紹介を聞いて、そういえば二人が休憩中に村を歩いているときに話をしたことを思い出す。二人とも、とても礼儀正しく、ポテトチップスが大好きだと話してくれた。

村の人とも上手《うま》くやっているようなので、屋敷の警備やツェリシナの護衛としても申し分ないだろう。

「ヘレナといいます。年は二二です。元々はルーベル王国で傭兵《ようへい》をしていたのですが、違う国も見てみようと移動していたところ……ツェリン村に辿《たど》り着《つ》きました」

「隣国からいらしたんですね。ですが、ツェリンは小さな村ですよ？」

今まで傭兵としてやってきたヘレナにとっては、物足りない仕事ではないだろうかとツェリシナは心配になる。

が、ヘレナはゆっくり首を振った。

「この村は温かくて、落ち着くんです。それに、大樹も素晴らしいです。ですので、ツェリシナ様の護衛に手をあげました」

「ありがとうございます」

ツェリン村と大樹を褒められて、ツェリシナの頰《ほお》が緩む。

「……では、三人に村の屋敷の警備と、わたくしの護衛をお願いいたします」

「「「ハッ！」」」

正式に採用を伝えると、三人は息ピッタリな敬礼をした。仕事の連携も上手くいきそうだなと、ツェリシナは思う。


基本的に、ツェリシナの護衛は二人一組で行い、もう一人には屋敷の門番をしてもらう、という話でまとまった。

護衛も、ツェリシナはツェリン村とハルミルの町、もしくは王都間の移動がほとんどなので、そこまで危険なこともないだろう。

（今まででも道中は平和だったからね……）

打ち合わせも終わったのでお茶でも、と思っていたら……再び来客があった。今度はガッツで、血相を変えている。

「大変です、ツェリシナ様！　豪華な馬車が村に近づいてきています‼」

「――はい？」

ガッツの言葉に、ツェリシナは目をぱちくりさせて首を傾《かし》げた。


豪華な馬車がツェリン村に向かっているという報告を受けて、ツェリシナは急いで村の入り口までやってきた。

ツェリン村にはピコット商会があるので、実は貴族の馬車が来ること自体は珍しくはないのだ。それなのに、ガッツが報告に来るということは――よほど豪華な馬車なのだろう。

ツェリン村に向かっている馬車は、複数台あった。

そのうちの一台がとても豪華で、黒色の本体に金の縁取りが施され、大樹がモチーフとしてあしらわれた馬車だった。

もしかしてもしかせずとも、大神殿の馬車だ。正確には、リュカーリアが乗るべき馬車――と言えばいいだろうか。

(嘘《うそ》、まずは王都の屋敷で咲かずの大樹をどうにかしてくれるんじゃなかったの⁉)

ツェリシナは嫌な汗が止まらない。

予定では、リュカーリアは明日《あした》リンクラート家に到着するはずだ。日数のかかる道中なので、別に数日の誤差があること自体は問題ない。

急いで父か兄に連絡するべきだろうかと頭を巡らせ、ひとまず早馬をお願いすることにした。だが、その用意をしている間に、リュカーリアが到着してしまった。

「………っ」

無意識のうちに、ツェリシナは唾《つば》を飲む。

かなり強引に婚約を進められたけれど、ここまで自分勝手だとは思わなかった。神殿長をもてなすことが、どれほど大変かわかっていないのだろうか。

ツェリシナが珍しく怒り心頭になっていると、御者が馬車の扉を開き、リュカーリアが降りてきたのだが……フードを深くかぶり、ぐったりした人物に肩を貸していた。

「え……？」

「――ツェリシナ様？　突然で申し訳ありません、どこか彼が休める場所はありませんか？」

「あ、はい！　わたくしの屋敷にどうぞ！」

「ありがとうございます」

慌てて案内し、ぐったりりして意識を失っている男性をツェリシナの屋敷へと運び入れた。

「大変失礼いたしました」

落ち着くと、リュカーリアが真っ先に深々と頭を下げた。

突然訪問してきたのかと思ってしまったが、同行していた男性が体調を崩し、一番近くのツェリシン村に立ち寄ったようだ。

（私の勘違いだったのね……）

てっきり大樹を見に押しかけてきたのかと思ってしまったが、そうではなかったようだ。

「いいえ。体調が悪かったのですから、お気になさらないでください。早く回復されるといいのですが……」

「ありがとうございます、ツェリシナ様。その慈悲に、感謝いたします」

「……そんな、大袈裟《おおげさ》になさらないでください」

病人を無下にすることなんて、できるわけがない。

大神殿からここまでは一〇日ほどかかるので、大変だっただろう。馬車に慣れていなければ、体調を崩してしまうのも仕方がない。

「ご一緒の方は、どなたでしょうか……？」

「ああ、紹介がまだでしたね。失礼いたしました。彼はヘルといいます。私の弟なのですが、神殿からほとんど外へ出たことがないんです」

「――……」

リュカーリアの言葉に、ツェリシナは心臓が止まるかと思った。

ヘルという名前には、心当たりがある。

大神殿の地下、鎖で封じられた部屋の中で暮らす――このゲームのラスボスだ。

ツェリシナは扉越しに、一度だけ言葉を交わしたことがある。しかし、ツェリシナが前回見に行ったときはもぬけの殻だった。

（今回同行するために、地下から出ていたってこと……？）

しかし、ツェリシナがヘルを知っているということは、リュカーリアには言えない。なぜなら、無断で地下へ行ったことがばれてしまうからだ。

「ツェリシナ様？」

「あ、いえ……。リュカーリア様に弟がいらしたとは知らなかったので、驚いてしまいました」

「お伝えしていませんでしたね。弟は人見知りでして、ほとんど人と話すこともないんですよ」

——人見知り。

そういえば、地下で扉越しに話したヘルも自分のことを人見知りだと言っていた。三食昼寝付きの環境だと口にしていたので、引きこもりなのか？　とも思ったが……。

（割と本当に引きこもり……だった？）

「紹介は、ヘルの体調が戻りましたら改めてさせていただきますね」

「はい。お会いできるのを楽しみにしております」

一通りの事情を知ることができて、ツェリシナはほっと胸を撫《な》でおろす。

すると、リュカーリアが別の話題を口にした。

「この度は、正式に私との婚約を受け入れてくださってありがとうございます。ツェリシナ様も聞いているかとは思いますが、無事に婚約が結ばれました」

「——はい。不束者《ふつつかもの》ではございますが、どうぞよろしくお願いいたします」

リュカーリアが微笑《ほほえ》んだので、ツェリシナも微笑み返した。

一段落し、次はこれからの問題がずしりとのしかかってくる。

意識を失うほど体調を崩したヘルを、起きたとしても、連れて出発しろとはとてもではないが言えない。

となると、泊まるための部屋を用意しなければならないのだが……あいにくこの屋敷《やしき》にはゲストルームが一つしかないのだ。

（あー、しまったな……）

お客様用のベッドも、ヘルが使っているものだけだ。

リュカーリアの側近たちであれば、申し訳ないがほかの場所を宿として泊まってもらうことはできるだろう。けれど、リュカーリアにそれはできない。

しかし部屋がないことも事実。

（詰んだ……）

どこか気が遠くなっているツェリシナに気づいたのか、リュカーリアは口を開いた。

「ツェリシナ様にご迷惑でなければ……ですが、ヘルの体調が戻るまで、休ませていただいても構いませんか？」

「もちろんですが……」

「私たちは、馬車で休むか……一度、先に王都へ行っていようかと思います。そうすれば、咲かずの大樹を確認しておくこともできますから」

とても助かる提案をしてくれたのだが、果たして本当にイエスと頷《うなず》いていいのだろうか。おそらく本来であれば、「どうぞゆっくりなさっていってください」と言うのが正解だろう。

しかし物理的に部屋がなく、本当にどうしようもないわけで……。

ツェリシナは考えても代案は浮かばないのだからと、頷いた。

そして、リュカーリアはツェリシナの婚約者となったのだから、理由もきちんと説明した方がいいだろうと判断した。

「もちろん、それは構いません。お恥ずかしい話ですが、ここの屋敷は小さいもので……リュカーリア様を十分におもてなしすることができません。申し訳ございません」

「ツェリシナ様が謝ることなど、一つもありません。私が急に押しかけてしまったのですから。いろいろなところへ足を運ぶものですから、私は馬車の中でも、野宿でも、大丈夫なんですよ」

だから部屋が足りなくとも、心配しないでくださいと微笑んだ。

さすがに大丈夫だと言われても、野宿してくれなんて言えるわけがない。けれど、自分を気遣ってそんなことまで言ってくれるのか……と、思わず笑う。

「……やはり、ツェリシナ様はそうやって笑っているのが一番いいですね」

「え……っ⁉」

「ああ、ご気分を害されてしまったらすみません。素敵な笑顔でしたので、つい。私は思ったことをすぐ口に出してしまうようで……いつも側近に怒られるのですよ」

そう言い、リュカーリアがハハハと笑った。

こうしていると、いつもの人形のような綺麗《きれい》な顔も、どこか人間味を帯びているものだ。

それからしばらく雑談をし、リュカーリアはヘルをツェリシナに頼んでツェリン村を出発し、王都にあるリンクラート家の別邸へ向かった。

閑話　日々成長　――ヒスイ

普段から、ツェリン村のことに関しては人一倍気をつけていると思う。ツェリシナ様の執事見習いとして、ちゃんと管理しておきたいから。
そう思っていたんだけど――正直、最近ツェリン村の発展スピードが速すぎて把握しきれなくなってきた。

――ツェリン村にある、ツェリ様の小さな屋敷。

今はツェリ様とトーイ、オデット、護衛のローガンとヘレナがリビングルームにいる。ハリーは玄関で門番をしてくれている。

これなら、しばらく席を外しても問題なさそうだ。

「ツェリ様。村に名簿があった方がいいと思うので、アントンさんに相談してきても大丈夫ですか？」

「確かに……。住民は一〇〇人を超えてしまいましたからね。大変かもしれませんがお願いします、ヒスイ」

「はい」

ツェリ様も住民の把握は大切だと考えていたようで、すぐに頷いてくれた。

私の考えたことを二つ返事で了承して、後のことを任せてもらえるのは信頼してもらえていることとがわかるからすごく嬉《うれ》しい。

執事見習いになってから、たくさんの経験をして、いろいろな感情を知ってきた気がする。私はきっと、もっともっと成長できるはずだ。

クッションに乗ってうとうとしているトーイの顔をもふっとさせて、「いいか？」と話しかける。すると、すぐにぱちっと目を開いた。

「トーイ、ツェリ様を頼むな」

『わうっ！』

私が出かけている間、何かあればちゃんと守るように伝えておく。

今は護衛もいるので大丈夫だろうけれど、村にも人が増えたので用心しておくにこしたことはない。

ツェリ様はそういう危機意識が薄い気がするから、私がちゃんとしておかなければ……と、気合が入る。

「いってきます」

「お願いします、ヒスイ。いってらっしゃい」

＊＊＊

村を歩くと、トントン、カンカンと、そこかしこから作業の音が聞こえてくる。

ツェリン村は今、大勢の大工が滞在している。移住してくる人が多く、早急に家を建てなければいけないからだ。

進捗《しんちょく》はどんな感じだろうと見ていると、大工の一人に「ヒスイ様！」と声をかけられた。様をつけて呼ばれるのって、なんだか不思議な感じだ……。

「お疲れ様です。順調そうですね」

「ええ、今日も一軒できあがりますよ！　あと少しで部屋の中が仕上がるんです」

「早いですね。おそらくまだまだ移住者は増えると思うので、よろしくお願いします」

「もちろんでさぁ！」

ぐっと腕に力を入れて笑顔を見せる大工は、やる気に満《み》ち溢《あふ》れているみたいだ。

「ここが終わったら、ツェリシナ様考案のアパートに取りかかります」

「独身の若者が住める部屋ですね」

「三階建てで、それぞれの階に五部屋ずつですね。造るのが楽しみなんでさぁ」


住民が増えた分、家が必要になってくる。

しかし一軒家ばかり増やすと時間がかかってしまうため、単身者用のアパートを造ってはどうかとツェリ様が案を出したのだ。

部屋が一つと台所があるだけの小スペースだけれど、一人で暮らすのであれば十分だ。

金銭の負担も一軒家と比べると少なく済むので、まだ着手していないのに完成後の部屋はすべて住む人が決まっている。

「完成を楽しみにしていますね」

「はい、お任せください！」

大工との話を切り上げて、再び歩き出す。といっても、アントンさんの家はすぐそこなので、あっという間だ。

……いつも思うけれど、ツェリ様はいったいどうやってこんなことを思いつくんだろう。

出会った当初はお淑《しと》やかなお嬢様だと思ったのに、気づけば弓を持って魔物を倒し、この世界の頂点とされる神殿長との婚約まで……。

――私ももっと頑張って、ツェリ様をしっかりサポートできるようになろう。


アントンさんの家へ到着すると、ガッツさんとレオさんが村のことを相談しているところだった。

「おお、これはこれは……！　どうされましたですじゃ？」

「少し相談があったんですが、出直した方がよさそうですね」

「ガッツとレオの話はちょうど終わったところなので、大丈夫ですじゃ」

「あ、そうだったんですか」

ガッツさんとレオさんは頷き、ちょうど席から立ち上がったところだった。

最近、レオさんは村のことをよく気にかけてくれている。

大樹の泉のところには、ツェリシナ様の大樹であることや、泉の水は自由に使えること、また注意などが書かれた看板を立ててくれたりしている。

詰所《つめしょ》の兵士たちとも仲がよく、移住してきた人たちとも積極的に話をしているところをよく見かけるようになった。

あ、もしかして……名簿作りはレオさんに任せてみてもいいんじゃないか？

私がレオさんに視線を向けると、不思議そうに首を傾《かし》げた。

「……よければ、レオさんに一つ仕事を任せたいです」

「え、俺にですか⁉　嬉しいです‼」

レオさんはぱあぁぁっと笑顔を見せて、喜びをあらわにしている。

その気持ちはよくわかる。私もツェリ様に仕事を任せてもらえたときは、すごく嬉しかったから。

「何をすればいいんですか？　なんでもしますよ！」

「ちょっと大変な仕事なんですけど……ツェリン村の名簿を作ってほしいんです」

「名簿……」

私の言葉に、レオさんは目をぱちくりとさせた。きっと、まったく予想していなかった仕事だったのだろう。

「レオさんは移住してきた人ともよく話をしていたり、面倒を見てあげているじゃないですか。だから、レオさんが適任だと思ったんです」

「……っ！　俺のこと、そんなに見てくれたんですね……。嬉しいです！　名簿作り、頑張ります‼」

ぐっと拳《こぶし》を握りしめるレオさんは、やる気に満ち溢れているみたいだ。この様子なら、完璧《かんぺき》な名簿を作ってくれるだろう。

あとは必要項目などを決めるだけだけど――

「名前と年齢と性別、家族構成と、住んでいる場所と、移住日と、出身地にどこから移住してきたか……それと、現在の仕事とできることも教えておいてもらったらいいですよね。あとはどんなことを確認しておけばいいですか？」

「――いえ、十分です」

これだけのことをぱっと思いつくというのは、すごいと思う。きっと、日ごろからそういうことも気にしながら交流を持っているのだろう。

とても頼りになるし、仕事も合っているみたいだ。

「あ……でも」

「どうしました？」

張り切っていたレオさんが、急に不安そうな顔になった。

もしかして、ほかの仕事があってあまり時間が取れないのかもしれない。

それなら、調整をして――

「俺、字が苦手で……」

「ああ……」

レオさんの言葉に、なるほどと納得した。

今でこそしっかりした身なりだが、彼らの出身はスラムだ。私も似たようなものだけれど、教育なんて受けられる環境ではなかっただろう。

かくいう私も苦手で、ツェリ様のところに来てから必死に勉強した。多少は知っていたけれど覚えるのにとても苦労して……まあ、今ではいい思い出の一つだ。

「一応、クロエに教えてもらったりしてるんですけど……まだまだ下手くそなので、読みづらくなるかもしれません」

レオさんは申し訳なさそうに告げるけれど、勉強をしていたことは知らなかったので、私は純粋に驚いてしまった。

意欲的に自分から勉強するというのは、とてもいいことだと思う。

──みんな、ツェリ様の役に立ちたいと一生懸命になってくれてるんだ。

「大丈夫ですよ。仕事をしていくうちに、上達しますから」

だから全く問題ない。

その旨をレオさんに伝えると、ぱあっと表情を輝かせた。

「ありがとうございます！　俺、精一杯頑張ります‼」

「はい。どうぞよろしくお願いします」

「任せてください、急いで作りますから！」

そう言うと、レオさんは急いで出て行ってしまった。

「そこまで急ぐ必要はないんですが……」

そう思いながらも、ツェリン村のことを考えて行動してくれていることが、とても嬉しかった。

5　大神殿からの来客

ツェリン村のツェリシナの屋敷《やしき》は、珍しくバタバタしていた。

その理由は、ヘルが泊まりで滞在することになったからだ。

来客が宿泊するというのは初めてのことで、とまどっている。いつもはハルミルの町の屋敷へ寝に帰っていたのだが、いかんせん今は屋敷に客人が滞在しているのでそれもできない。

なのでツェリシナも、急遽《きゅうきょ》宿泊することになった。

体調を崩して滞在することになったヘルには、世話係が一人ついている。世話係の人は、使用人用の部屋が余っているので、そこを使ってもらう。


「問題は……料理ですね」

「そうですね……」

「私が作るものは、とてもじゃないですがお出しできないです……」

ツェリシナ、ヒスイ、オデットの三人は、リビングルームで頭を抱えて悩む。料理のできる人と、食材の調達をすぐ行わなければ夕食に何も出せない。

（一度ハルミルの町に行って、屋敷から料理人を連れてくるしかないか……）

「ヒスイ、今からハルミルの屋敷へ行って、料理人を連れて来てくれませんか？　わたくしとオデットは屋敷に残って、ヘル様の様子を見ていますから」

「……わかりました。ツェリ様が出られない以上、私が行くしかないですからね」

すぐにヒスイが了承してくれたので、ツェリシナは手紙に事情を書く。これを渡せば、すぐに対応してくれるだろう。

「お願いしますね、ヒスイ」

「はい。お任せください！」

ヒスイがハルミルの町へ向かったのを見て、ほっと一息つく。ひとまず、今日のことはなんとかなりそうだ。

＊＊＊

夕食の時間になると、ヘルが目を覚ましたと世話係の人が伝えにきてくれた。

「一言お礼をとのことですので、大変申し訳ないのですがヘル様の部屋に足を運んでいただいても構いませんか？」

「もちろんです。まだお辛《つら》いでしょうから、夕食も部屋に準備させていただきますね」

「お心づかいいただき、感謝いたします」

ツェリシナがヘルのいるゲストルームへ向かうと、トーイも一緒についてきてくれた。白くふわふわの尻尾《しっぽ》が揺れていて、とても可愛《かわい》い。

『わふーん』

「トーイもお客様のことが心配なんですね」

体調不良とはいえ、ヘルはラスボスだ。トーイが一緒にいてくれるということに、ちょっとだけ安心する。

世話係の人と一緒に部屋へ入ると、ヘルはベッドの縁に腰かけていた。

「ヘル様、お加減はいかがですか？」

「……もう大丈夫だ。馬車なんて、乗るものではないな……」

問題ないと言っているが、その声はあまり力がないように聞こえる。馬車との相性も、あまりよくなかったのかもしれない。

ヘルと世話係の話が落ち着くまで待って、ツェリシナは淑女の礼をする。

「初めまして、ヘル様。ツェリシナ・リンクラートです」

「…………」

ツェリシナが挨拶《あいさつ》をすると、ヘルはぽかんとした顔でこちらを見た。もしかしたら、以前地下で話しただろうと言われてしまうのだろうか。

（お願いだからそれだけはやめて～！）

すぐ、世話係がフォローを入れてくれた。

「ツェリン村にある、ツェリシナ様のお屋敷で休ませてもらっているんです」

「……そうだったのか」

まだどこか体調が悪そうなのは、ラスボスになる予定のヘル。

おそらく、身長は一八〇センチメートルほどだろうか。地下にいたせいか、肌の色は透き通るように白い。

肌の露出がほとんどない、袖《そで》の長い法衣《ほうえ》を着ている。頭には法衣のフードをかぶっており、大樹の刺繍《ししゅう》と装飾がほどこされている。

法衣の隙間《すきま》から見える瞳《ひとみ》は黒色で、ちらりと見えた首筋には祝福の印があり、黒く長い髪が少しだけ出ていた。

今は体調不良もあってか、まだ眠たそうにしている。


ヘルはツェリシナのことをじっと見て、ゆっくり立ち上がった。

「介抱していただき、感謝します。それから……兄との婚約、おめでとうございます」

「お元気になられたようで安心いたしました。お兄様とのことも、お祝いのお言葉をありがとうございます」

当たり障りのないヘルの言葉に、ほっとする。

（でも、まだ体調は万全じゃなさそうね）

夕食は部屋へ運び、あとは世話係に任せるのがいいだろう。

「ヘル様のお夕食は、部屋へ運ばせていただきますね。食欲はありますか？」

「……そうですね、少量であれば」

「では、すぐにご用意させていただきますね」

調理を手伝っているヒスイに給仕をお願いしようとツェリシナが考えていると、世話係が「私が」と扉のノブに手をかけた。

世話係とはいえ、お客様にそんなことはさせられない。せめて、部屋まではヒスイに運んでもらいたい。

ツェリシナがそう考え慌てていると、「ツェリシナ様」とヘルに呼ばれてしまった。

「そんなに気を遣わなくて大丈夫ですよ。訪問の予定はなかったのに、私のせいで急遽お世話になることになってしまったのですから」

それに、ずっと馬車だったので動いていたいのだと思うと、ヘルが言う。

という話をしていたら、世話係は厨房《ちゅうぼう》へ行ってしまった。

（仕方ない、ここは甘えておこう）

「にしても、まだ眠いな……ふあぁ……」

「……ヘル様？」

大きな欠伸《あくび》をして、ヘルはベッドへ倒れこんだ。先ほどまでの丁寧な態度は微塵《みじん》も感じられない。

「堅苦しいの嫌いなんだよ、俺。でも、あいつらの前だとちゃんとしろって言われるしさ～っていうか、お前だってもっと雑な感じだったろ。猫かぶってんのか？」

「………」

遠慮なくダラダラし始めたヘルを見て、これは確かに大神殿の地下で言葉を交わしたヘルだとツェリシナは頭を抱える。

（あのときは私も素で会話しちゃってたんだよね……でも）

「ヘル様はリュカーリア様の弟ですし――」

「そういうのは、いい。堅苦しいのは疲れる」

「…………」

やめろと、そう言ってヘルがぱたぱたと手を振る。気遣うのが面倒なので、ツェリシナにも普通にしていてほしいようだ。

今更取り繕っても仕方がないかと、ツェリシナは肩をすくめる。

「私は侯爵家の娘だから、本当はお淑《しと》やかにしていなきゃいけないんですけど……二人のときだけですよ？」

「ん、そっちの方がアンタらしくていいな」

ツェリシナが理由を告げると、ヘルは満足そうに頷《うなず》いてベッドでごろごろしている。さすが、毎日昼寝付きで地下で生活していただけある。

するど、トーイが『わふっ』とヘルの上へ飛び乗った。

「ぐえっ」

「トーイ⁉　ちょ、何してるのっ！」

『わうわう～！』

ヘルを潰《つぶ》してしまったのではないかと焦ったが、トーイは嬉《うれ》しそうに尻尾を振っている。どうやら、ヘルにじゃれているみたいだ。

「うわ、でかい犬だな。しかも、もふもふじゃねーか……‼」

この触り心地は神がかっていてやばいと言わんばかりに、ヘルはトーイを抱きしめてそのもふもふを堪能《たんのう》している。

「は～……このまま寝たら最高だ……」

「寝ないで、もうすぐご飯が来るから‼」

「でも、今はこのもふもふに包まれて寝たい……すやぁ」

ヘルはトーイを抱きしめたまま、目を閉じてしまった。これはガチで寝ようとしているやつだと、ツェリシナはため息をついた。

＊＊＊

「あ、ツェリ様！　大丈夫でしたか？」

「はい。ありがとうございます、ヒスイ」

結局、あの後すぐに世話係が戻ってきたので、ヘルは素直に夕食を食べ始めてくれた。そのため、ツェリシナも自分の食事のため食堂へやってきた。

ヒスイに料理を給仕してもらいながら、ヘルのことを話す。

「体調はよくなっていそうですが、馬車に乗って王都まで……というと少し辛いかもしれませんね。一晩休んで、様子を見るのがいいかもしれないです」

「では、朝食も胃に優しいものを用意するよう言っておきます」

「お願いします」

それからのんびり食事をしていると、バタバタと足音を響かせてヘルがやってきた。

ゲストルームから食堂の短い距離なのに、若干息を切らしている。

いったい何事だとツェリシナが驚くと、ヘルは手に持っていたお皿を見せた。

「なんだこれ……‼」

「え？　それは……ポテトチップスです。村の名産品だったので、少しだけ添えさせていただいたのですが……」

ヘルの問いには、すぐヒスイが答えてくれた。

体調不良者にポテトチップスは重いのではないかと思ったけれど、少量だったから問題ではなかったようだ。

「ポテトチップスというのか……。これは美味《うま》いな、もっとないのか？」

「……では、すぐご用意させていただきますね」

「本当か⁉」

追加のポテトチップスがあると知ると、ヘルはぱっと顔を輝かせた。よっぽど食べたかったらしい。

が、すぐに食堂に人が多くいることに気づいたようで、ヘルはフードを深くかぶってしまった。

（人見知りって冗談じゃなかったんだ……？）

現在食堂には、ヒスイのほかに護衛のローガンがいる。ハリーは門番をしていて、ヘレナは奥で食事をしている。トーイは村の中をお散歩しに出かけたようだ。

ヘルはフードを引っ張ったまま後ろに下がり、そのまま食堂を出て行ってしまった。

「「……………」」

しばしの沈黙のあと、ツェリシナは席から立ち上がった。

「ヒスイ、わたくしが持っていくのでポテトチップスの用意をお願いします」

「すぐに」

＊＊＊

王都のリンクラート家では、ちょうど夕食会が始まるところだった。

ベイセルと、ツェリシナの母親のローラ、兄のアーサルジュとオズウェル、それから来賓のリュカーリアだ。

ローラはハルミルの町の本邸に滞在していたが、リュカーリアへ挨拶をしなければいけないので、こっちに戻ってきている。

「お初にお目にかかります。リンクラート家の当主、ベイセルと申します。遠いところ、足をお運びいただきありがとうございます」

「妻のローラでございます」

「長男のオズウェルと申します」

「お久しぶりです。先の大神殿では、ありがとうございました」

アーサルジュは大神殿に行った際リュカーリアと会っているので、そのときの礼も口にした。

「リュカーリア・アースガルズです。神々の導きにより皆様にお会いできたことを、嬉しく思います」

リュカーリアも挨拶を返し、微笑《ほほえ》みを向ける。

「そして、ツェリシナ様との婚約を許していただきまして、ありがとうございます。私にとって、これほど嬉しいことはありません」

「……いいえ。リュカーリア様との婚姻は、とても栄誉のあることですから。娘を……どうぞよろしくお願いいたします」

「もちろんです」

ベイセルとローラ、アーサルジュはにこやかに笑みを浮かべているが、実はオズウェルだけはこの婚約に疑問を抱いていた。

疑問というよりも、これで本当にツェリシナは幸せになるのだろうか？　というものだ。兄として、可愛《かわい》い妹が好きでもない男と結婚するのはどうにも許容できないものがある。いや、オズウェルが単にそういう性格だということもある。

（アーサルジュはツェリと一緒に大神殿に行ったくせに、あっさり婚約の申し入れを受け入れてきたからな……）

本当であれば、ふざけるな！　と怒鳴りつけてやりたいところだ。けれど、咲かずの大樹をどうにかできるのがリュカーリアだけという事実に、手も足も出せないでいる。

「咲かずの大樹は、本当に駆除できるのでしょうか？」

オズウェルが挑発するかのようにリュカーリアに問いかけると、ベイセルが青い顔になる。どうか、神殿長に喧嘩《けんか》を売るような態度はとらないでくれ……と。

しかし、リュカーリアはそんなことは気にしていないようで、笑顔で「もちろんです」とはっきり答えた。

「今すぐに私一人で、ということは不可能ですが、数日中には対処できます」

「……そうですか。ですが、伐採することも、根から抜くこともできなかった。いったいどのような方法で行うのですか？」

咲かずの大樹を処理できるという話は聞いているが、その方法まではオズウェルたちの耳に入っていない。

神殿長ができると言ったのだから、可能であることは間違いないのだが……どのようにするのか、まるで想像ができなかった。

神殿にまつわる秘薬でもあるのだろうか。それとも、咲かずの大樹を伐採できる道具でもあるのだろうか？

けれど、今までそのような物があるという話は一度も耳にしたことがない。

すると、リュカーリアは「いたってシンプルです」と告げた。

「咲かずの大樹を、枯らしてしまうのです」

＊＊＊

ヘルが使うゲストルームに、ツェリシナはトーイと一緒にポテトチップスを持ってやってきていた。

ヘルにポテトチップスのことを説明すると、ポテチという略称もいたく気に入ったようだ。

「は〜、ポテチめっちゃ美味い……俺ツェリン村で暮らそうかな〜〜」

追加のポテトチップスを食べながら、ヘルがそんなことを言う。よほどポテトチップスが気に入ってしまったようだ。

「いやいや、何言って――」

（あれ？　もしかしてツェリン村で暮らしてもらったら、封印が解けてラスボスになることもないんじゃない？）

と、そんなことを考えてしまう。

実はかなりナイスアイデアなのでは？　とは思うのだが、現実的にそうはいかない。

神殿での地位や扱いはわからないけれど、リュカーリアの弟だ。ちらりと見えた首筋の祝福の印だって、精霊のものではなかった。

そもそも、ツェリン村は高貴な身分の人が暮らすところではない。療養であれば別かもしれないが、それでも設備や使用人など、足りないものが多すぎる。

（ままならない……）

ツェリシナが肩を落とすと、ヘルが笑った。

「なんだなんだ、百面相してたぞ？」

「誰のせいだと……」

「俺か？　ハハハ、だってポテチ本当に美味いんだもん。これって日持ちするのか？」

持っていきたいらしいのだが、残念ながらしけってしまうため長期保存をすることはできない。

ツェリシナが「無理」と首を振ると、ヘルはショックを受けていた。

「まじかぁ……」

「そんなに？　でも、あんまりポテチばっかり食べるのは体によくないから、ほどほどが一番なのよ」

「ちぇ～」

ツェリシナの言葉を聞くと、ヘルは口を尖《とが》らせて拗《す》ねた。まるで駄々をこねる子どものようで、思わず笑ってしまう。

今のところ、ラスボスになりそうな気配なんて微塵《みじん》も感じられない。

「……とりあえず、明日《あした》の朝一でヘルは元気になったって、リュカーリア様に早馬を出しておくわね」

「おお、サンキュ」

きっと、リュカーリアもヘルを心配しているだろう。

「一応、そのあとはヘルの体調次第ですぐ王都に向かうんだけど……元気そうね」

「ポテチのおかげだな」

「そんなわけあるかい」

思わずつっこんでしまった。

すると、ヘルは声をあげて笑う。

「やっぱ俺、ツェリシナはお淑やかにしてるよりそっちの方が好きだな」

「――！」

ふいに告げられた言葉に、ツェリシナは目を見開く。ヘルのほかに自分の素を知っているのはヒスイくらいなので、そう言ってもらえて嬉しかったのだ。

「ありがと」

「ははは。きっとリュカもそう言うと思うぞ？」

「いや、さすがにそれは……」

今さら、誰かに自分から素をさらすのはとても恥ずかしい。ヒスイのときのように、うっかりばれてしまったのならば仕方ないけれど。

ツェリシナがそんな態度を取ったからか、またヘルが笑う。

「誰にも言わねーよ。まあ、俺ってば人見知りだから知らない人と話したりしねーけど」

「ヘル……ありがとう」

これはお礼に、明日出発するときはおやつのポテトチップスを持っていった方がよさそうだ。

「さてと……そろそろ休んでください。明日は午前中の間に、出発したいから」

「ん、了解。ツェリシナもちゃんと寝ろよ、今日は疲れただろ」

「あはは……おやすみ」

「ああ、おやすみ」

＊＊＊

翌日、ヘルは朝から元気にポテトチップスを食べていた。

ポテトチップスのためにツェリン村にこのまま住んでしまいたいが、そういうわけにもいかないのでしぶしぶ馬車に足を運んでいる。その手には、ポテトチップスの入った袋を持ったままだ。

「途中で休憩をはさんでいくので、だいたい六時間くらいで王都の屋敷《やしき》に到着すると思います」

「わかりました。どうぞよろしくお願いいたします、ツェリシナ様」

礼儀正しいモードのヘルなのだが、ポテトチップスの袋を持っているのでその威厳は半分ほど失われているように思う。

ヒスイは昨日ポテトチップスに夢中になって食堂に飛び込んできたヘルを見ているので、どこか温かい目で見守っている気もする。

馬車は、ツェリシナとヘルのほかに、護衛ヘレナが同乗している。

しばらく走ると、ヘルのポテトチップスがなくなった。

しょんぼりしていたが、食べすぎもよくない。そう思い、ツェリシナはおやつに用意していたポテトチップスはまだ出さないでいたのだが……それからもうしばらくすると、ヘルがぐったりし始めた。

「ヘル様、大丈夫ですか？」

「……もちろんです」

返事の瞬間はきりっとしたヘルだったが、すぐにまたぐったりしてしまった。

（馬車に酔ったのかな？　この世界にも、酔い止めの薬があればよかったんだけど……）

「ヘレナ、少し休憩にしましょう」

「かしこまりました」

ツェリシナの指示を受け、ヘレナは窓を開けて馬でついて来ていたローガンに休憩の旨を伝えてくれた。それはすぐ御者に連絡が行き、馬車はゆっくり停止した。

「外の風にあたると、気分も落ち着きますよ」

「……外は知らない人がいっぱいで無理」

ヘルはいやいやと首を振って、断固馬車の中にいることを主張している。

外には大きな木もあり、木陰で休憩できるようにシートを敷いたりしているのだが……さてどうしたものかとツェリシナは悩む。

（無理に外に連れ出すのもよくないけど、ずっと馬車の中じゃ空気もこもっちゃう）

一応、馬車の窓とドアを開けて空気の通りはよくしたが、できれば外に出て体を伸ばしたりしてほぐしてほしいとも思う。

ずっと座りっぱなしというのは、楽に思えるが体が固まってしまいあまりよくないのだ。

とりあえず、まず自分が外に出てみようとツェリシナは馬車を降りる。爽《さわ》やかな風が気持ちよく、長い髪がなびく。

「ツェリシナ様、果実水とポテトチップスを用意しましたよ」

「ありがとうございます、ヒスイ」

用意してもらった木陰のシートに座ろうとすると、「ポテチ!?」と元気そうなヘルがあっさりと出てきた。

（どれだけポテチが好きなのか……）

無事に休憩することができそうなので、まあよしとしよう。

ヘルが緊張しないように、休憩している近くでは人払いをした。とはいっても、会話は聞こえないけれど姿は見えるくらいの距離だ。

「は～、生き返った」

「それはよかった」

ポテトチップスを食べ、果実水を飲み、日陰で休んだらヘルはあっという間に回復した。

「いやもう、ポテチがなくなったときはこの世の終わりかと思った……」

（そこまで……）

ヘルは大きく深呼吸をして、目を閉じ、風の気持ちよさを感じているようだ。顔色もよくなっているので、一安心だろう。

「そういえば」

「ん？」

ふいに声をかけられ、ツェリシナは首を傾《かし》げる。

「ツェリシナは、リュカのどこが好きなんだ？」

「え……」

突然の問いかけに、思わず固まってしまった。だってまさか、そんなことを聞かれるなんて思ってもみなかったからだ。

（というか、政略結婚なんだけど……）

もしかしたら、ヘルはその事実を知らないのかもしれない。その証拠に、ヘルは「驚いたんだ」と言葉を続けた。

「リュカが結婚するとは思っていなかったからな。まあ、いつかはするのだろうと思ってたけど、こんなに早いなんて……」

（リュカーリア様の好きなところ、か）

そんなこと、考えたこともなかったなと思う。

そもそも、ツェリシナはリュカーリアのことをあまりよく知らないのだ。

「そうですね……」

落ち着いた物腰や、綺麗《きれい》な笑顔。大きな加護の力を持ち、いつでもツェリシナのことをサポートし助けてくれるようには思う。

しかしそれはリュカーリアに対する印象で、好きなところと言われると違うかもしれない。

（でも、強いてあげるとしたら……）

「気遣ってくださるところでしょうか？」

「気遣い……」

ヘルがあっけにとられたような顔で、目を瞬《しばたた》かせた。そして一呼吸おいて、ヘルは声をあげて笑ってしまった。

「ははっ、あのリュカが気遣い……!!」

「……ヘル様の希望する答えとは違いましたか？」

ちょっと拗ねながらツェリシナが言うと、ヘルは「いや？」と涙目になりつつ首を振った。いくらなんでもちょっと笑いすぎだと、ツェリシナの笑顔に怒りの色が浮かぶ。

「違う違う。思ったよりも、ツェリシナがリュカに大切にされていると思ってさ」

「え……？」

「あいつは人の皮を被《かぶ》った悪魔だ」

「…………」

ヘルの言葉に、それは否定できないとツェリシナは苦笑する。

「お兄様に、そんな言い方をしていいの？」

「別にいいさ。あいつは、俺が何を言っても聞きはしない」

兄だからすべてを背負い込んでいるのだろうと、ヘルは言う。ツェリシナには意味があまりよくわからなかったが、家族を守りたいという気持ちはよくわかる。

「……リュカは口にしないけど、わかるんだ。あいつは、俺を助けようとしてくれてる」

「――！」

ぽつりと零《こぼ》れた小さなヘルの声は、消え入りそうだった。

「ヘル様、それは――」

「ツェリシナ様、そろそろ出発しましょう！　到着が遅れてしまいます」

詳しい内容をヘルに聞こうとしたら、ヒスイから出発すると声をかけられてしまった。まだ話したかったけれど……仕方がない。

（あまりゆっくりしていると、到着が夜になっちゃう）

早めに着いて、ヘルにはのんびりお風呂《ふろ》に入り、ゆっくり寝てほしい。ツェリシナは仕方がないと立ち上がり、「行きましょう」とヘルに声をかけて馬車に乗り込んだ。

途中から雨が降ってきたけれど、休憩をはさんで数時間後に馬車は無事に王都へ入った。

ヘルは馬車の窓から町並みを眺めて、微妙な顔をした。

「どうしまし……なんだか、人通りが少ないですね」

いつもは活気があって賑《にぎ》やかな町なのだが、今日はいつもの半分ほどしか人がいないようだ。雨が降っているせいかもと思ったけれど、それにしても少ない。

「……嫌な空気だ」

「空気、ですか？」

ヘルの言葉に、ツェリシナは戸惑う。

しかしすぐに、その言葉の真意に気づいた。それは、リュカーリアに話してもらった咲かずの大樹が及ぼす影響についてだ。

「咲かずの大樹の周囲は常に雨が降るようになり、一年で町一つを呑《の》み込む――」

「リュカに聞いたのか」

「……はい」

ただの雨だと、気楽に考えてしまっていた。晴れ間も見えていたから、大丈夫だと思ってしまっていたのだ。

もう、咲かずの大樹が生え始めてから半年も経《た》つというのに。自分の認識が甘すぎたと、ツェリシナは拳《こぶし》を握りしめる。

（じゃあ、人通りが少ないのは……咲かずの大樹が及ぼす体調不良のせい？）

——最悪だ。

自分のせいで、町の人たちが苦しんでいるなんて。

「大丈夫だ」

「——ヘル、様……？」

「そのために、俺が来た。この俺がわざわざ地下から出てきたんだ。お前は堂々としていればいい」

「……はいっ」

続くありがとうございますというツェリシナの言葉は、声が掠《かす》れて消えてしまった。しかしヘルにはちゃんと通じたようで、任せろというように優しく頭を撫《な》でてくれた。

＊＊＊

ツェリシナたちが無事にリンクラート家に着いた翌朝は、奇跡的に晴れ間が見えた。

タイミングがいいので、すぐに咲かずの大樹の処理に取りかかり始めた。とはいっても、ツェリシナにできることは成功を祈るくらいだろうか。

立ち会っているのは、ツェリシナ、ヒスイ、トーイ、それからベイセルとアーサルジュ、オズウェルだ。

リュカーリアとヘルは、二人で咲かずの大樹の前に立った。

雨が降るようになってから、咲かずの大樹はその成長スピードが上がった。今ではツェリシナの背を超えてしまい、二メートル以上はあるだろうか。

早く対処しなければと、ツェリシナの心に焦りが浮かんでしまっても仕方がないだろう。現に、王都内では体調不良の声が多く上がっている。

「これはまた、骨が折れそうな大きさですね……」

ヘルがどこか遠い目をして見つめ、空を見上げた。天気は快晴で、雨が降りそうな黒い雲は今のところ一つもないが――油断はできない。

「しかし、このまま放置しておくわけにもいかないですからね。このまま成長すると、悪影響がどんどん広がっていきますから」

「わかってます」

ヘルがこちらを振り向き、「では」と言葉を発する。

「これから咲かずの大樹を枯らします。大きいので、かなり時間がかかりますが……問題はないと思います」

「どうぞよろしくお願いいたします、ヘル様、リュカーリア様」

ベイセルが頭を下げたので、ツェリシナたちも同じように頭を下げる。

（……ヘルが大樹を枯らす、ってことよね）

ツェリシナがドキドキしながら見守っていると、ヘルが目を閉じ、咲かずの大樹に触れた。すると途端、周囲の空気が震えた。

「――っ！」

ヘルを拒否するかのごとき咲かずの大樹は、意思を持っているかのようだ。

「我《われ》を加護せし神よ、咲かずの大樹の生命力を奪い取れ」

咲かずの大樹に触れたヘルの手の部分から、ぶわっと黒い何かが噴き出した。それが周囲に広がり、ツェリシナたちの方までやってくる。

すると、くらりとした眩暈《めまい》を覚える。おそらく、これが体調不良の原因になっていたモノなのだろう。

（気持ち悪い……っ）

このまま浴び続けていたらやばいかもしれないが、ヘルはもっと近い場所にいる。

体も弱いというのに、大丈夫なのだろうか。ツェリシナが目を向けると、ちょうどヘルがふらついているところだった。

「危ない……っ！」

ツェリシナが慌てて駆けだそうとするが、それより先にリュカーリアがヘルが倒れないように背中を支えた。

そして、祈りの言葉を口にする。

「我は光の神バルドルに仕えし者なり。この地に根付きし穢《けが》れた大樹から、我らを守るための光をいただきたく祈りを捧《ささ》げる」

リュカーリアが祈りを紡ぐと、ふわりと地面の草花が揺れた。

そして柔らかな光が降り注ぎ、光の神バルドルが咲かずの大樹の黒いモノからツェリシナたちのことを守ってくれる。

（すごい、気持ち悪さがなくなった……）

淡く光るリュカーリアは、とても神聖で、神そのもののようにすら思えてしまう。

ヘルはといえば、リュカーリアの加護の力で持ち直すことができたようだ。継続して、咲かずの大樹の生命力を吸い取っている。

しかしふらついていることに変わりはないので、かなり辛《つら》いのだろう。

（そうよね、咲かずの……とはいえ、元々大樹でもあったんだから）

祈るように二人のことを見ていると、急に雨雲が頭上にやってきた。つい先ほどまで晴天だったというのに……。

しかしそのせいで、リュカーリアの加護の力が目に見えて弱まってしまった。ヘルの苦しさも、増しているようだ。

「雨が……」

「すぐに傘を用意してきます」

ヒスイが傘を取りに、急いで屋敷《やしき》へ走った。

雨雲は大きく、しばらくは雨がやみそうにない。このままでは、咲かずの大樹を処理するのに支障をきたすかもしれない。

（だけど、天気なんてどうしようもできない……）

傘を差しても、雨雲がどかなければリュカーリアの加護の力は弱まったままだろう。

「咲かずの大樹が、抗《あらが》っているようですね」

「……私たちに倒されると、恐れているんだろう」

リュカーリアの言葉に、ヘルが同意した。

(この雨は、咲かずの大樹が起こしてるんだ……)

いわば、反撃のようなものなのだろう。自分に有利な状況を作ってくるなんて、恐ろしい。こちらは晴れ間でなければ、リュカーリアの力を存分に発揮することはできないというのに。

自分も何か力になれたらいいのにと、ツェリシナは思う。

けれど、運命の女神ノルンの選択肢は、咲かずの大樹の前では出なかった。加護を近くに感じられるようにはなってきたけれど、まだまだ自由に使うことはできないのだ。

けれど、ヘルの背中を支えるくらいならばできるのではないか？　そう考え、ツェリシナは一歩前へ出た。

「ツェリシナ様？」

「わたくしでは役に立たないかもしれませんが、支えるお手伝いはできると思いまして……」

そう言って、ツェリシナはリュカーリアと一緒にヘルの背を支える。ただ、それ以上のことはできないけれど。

苦しそうにしていたヘルが、ふっと笑う。

「はぁっ、は……サンキュ、ツェリシナ。頑張れそうだ」

「ありがとうございます、ツェリシナ様。私と一緒に祈ってくださいますか？　きっと、ツェリシナ様の声も届くと思います」

「はい」

ツェリシナは目を閉じて、自分の中にいる運命の女神ノルンに祈る。どうか、ヘルとリュカーリアの力になれますように、と。

その瞬間、ツェリシナの左目がハニーピンクに光り輝き、選択肢が現れた。

「あ……っ」

▽どちらの選択肢を選びますか？

雨が止《や》まず、根付いてしまう咲かずの大樹。

晴れて、枯れる咲かずの大樹。

――運命が、見えた。

「そんなの、決まってるじゃない」

速くなる自分の鼓動を感じながら、ツェリシナは選択肢を選ぶ。

雨が止まず、根付いてしまう咲かずの大樹。

▼晴れて、枯れる咲かずの大樹。

「咲かずの大樹の『運命』を、枯れるように……！」

ツェリシナがそう口にした瞬間、頭上の雨雲が散った。

晴れやかな空が見えるのと同時に、咲かずの大樹は枯れ、その姿を消した――。

閑話　地下室から出た日　――ヘル

世界の中心にある大樹のある場所、それが俺の暮らす大神殿だ。とはいっても、俺が生活している場所は大神殿の地下にあたる。

日は当たらないし、どちらかといえば冷えることの多い部屋だが――俺はここでの生活を気に入っている。

しかしその平和は、ある日突然なくなってしまった……。

飯の時間でもないのに、重い鉄の扉が開いたのを見て俺は何事だと顔をしかめる。フードを引っ張って深くかぶり、念のためベッドの中に潜り込んだ。

来客の予定なんて聞いていないし、そもそもここへ人が来ることなんてほとんどないのに……いったいどういうことだ。

俺が警戒しているのがわかったからか、部屋の中に足を入れる前に、「私ですよ」と声がした。

「……リュカ?」

「そうです。ああよかった、ヘルに忘れられていたら泣いていました」

「大袈裟《おおげさ》だよ」

リュカなら大丈夫だと、俺はベッドから出る。

見ると扉の向こうで側近が待機しているが、それくらいならまあいいだろう。

「それで、何かあったのか？　俺のところに来るなんて、珍しいな」

「実は、ヘルに枯らしてほしいのがあるんですよ。一ヶ月弱くらいですかね……私と一緒にアルバラード王国へ行ってほしいんです」

「は？　嫌に決まってる」

いきなり何を言い出すのかと思えば。

人見知りの俺が、そんな遠くまで行くわけがない。

枯らさなきゃいけない何かがあるとしても、俺からは頑張って育ててくださいとしか言えない。

だってそんな遠くまで行くのは無理だ。

太陽の光だって得意じゃないし、大神殿の外には人がいっぱいいるし、馬車の揺れは気分が悪くなるし……俺にとっていいことが一つもない。

ここに持ってきてくれたら喜んで枯らすのに。

でも、そうしないということは、持ち運べないほど成長してしまった何かを枯らさなければいけないのだろう。

行くまでもしんどいのに、行ってからもしんどいとは……まるでいいことがない。

「ヘル、そこをなんとかできませんか？」

「ほかを当たってくれ」

「世界中《せかいじゅう》を探しても、枯らすことができるのはヘルだけじゃないですか。兄の顔に免じて、お願いします」

……なんだろう、今日のリュカはめちゃめちゃ頼み込んでくる。普段は、あっさりあきらめることが多いのに。

これは何かありそうだ。

「そんなにこだわる理由は？」

俺がそう聞くと、リュカはさらりと爆弾を投下してきた。

「私の婚約者の家の庭に、咲かずの大樹があるんです。それを枯らさなければならないんですよ」

「は？　咲かずの大樹？　なんでそんなもんが庭に生えてるんだ……理解できない」

そう返事をした一方、俺の脳内は混乱していた。

――婚約者？

は？　どういうことだ？　いつの間に？　今の間に？　女性どころか他人にほとんど興味を示さないリュカが、婚約したって？

「いったいいくら寄付をもらったんだ？」

「私をなんだと思っているんですか、ヘル」

「じゃあ、なんで？」

たぶんこれは、純粋な好奇心だ。

リュカが選ぶ女性を、気にするなという方が無理に決まっている。

そこでふと、そういえばここに変な女が来たことを思い出す。真夜中に一人で乗り込んでくる、図太そうな女だった。
　確か名前は――

「ツェリシナ様」


　――リュカーリアの言葉に、俺は目を見開いた。聞き覚えのありすぎるその名前は、加護なしと神官に告げられてしまった悲しい少女の名前だ。

　ついでに地下に乗り込んできた図太い女でもある。

「――ツェリシナ様は、とてもお優しいですから。一緒にいたいと思ったんです」

「ふーん……」

「聞いたのはヘルなんですから、もう少し興味深そうにしたらどうですか」

「別に。……でも、仕方ないから行ってやるよ、アルバラード。今回だけ特別だからな」

　俺の言葉に、今度はリュカが目を見開いた。きっと、こんな簡単に俺がオッケーするとは思わなかったのだろう。

　なんせ、俺は外に出るのが嫌いすぎて、ことあるごとにリュカを困らせていたからだ。

「どういう風の吹き回しかはわかりませんが、感謝します」

「ま、たまにはな」

　そう告げて、俺は再びベッドへ潜り込む。

　外へ出るのがちょっと楽しみだと思ったのは、生まれてはじめてだった。

6　心の準備

無事に咲かずの大樹がなくなった数日後、休暇を出していた使用人たちが続々と戻ってきた。全員が体調不良から回復し、休みを満喫していたようだ。リフレッシュして晴れやかな表情をしていて、仕事もやる気に満ちている。

使用人たちの最初の大仕事は、リンクラート家は大掃除。使用人たちが休暇を取っていた間、屋敷の掃除が行き届いていなかったからだ。

ツェリシナは掃除の邪魔になってしまうし、出かけようとしたのだが――リュカーリアとヘルも一緒に出かけることになってしまった。

ひとまず馬車に乗って屋敷を出たのだが、ツェリシナはどこへ行けばいいかわからず、頭を悩ませていた。

自分の向かいには、リュカーリアとヘルが並んで座っている。

（リュカーリア様と町で買い物？　ないないないない‼）

この世界で一番高貴なお方を、いったいどこへ連れて行けばいいというのか。

「あ、俺ポテチが食べたい～」

「ヘルが美味《おい》しいと絶賛していたお菓子でしたね。……あ！　私としたことが、まだツェリシナ様の大樹を拝見できていませんでした」

「んじゃ、行き先はツェリン村だな」

「……⁉」

あっさりヘルとリュカーリアが行き先を決めてしまい、ツェリシナは慌てる。今、ツェリン村では誰かを出迎えるための準備なんてできていない。

ツェリシナが反対しようとしたら、先を見越したリュカーリアに先手を打たれてしまった。

「大丈夫です、大樹を見たらすぐに戻ってきますから。ツェリシナ様のお屋敷《やしき》にも、寄りません」

「ですが……馬車だと時間がかかりますし、ヘル様もお辛《つら》いと……」

「ポテチが待ってるなら大丈夫だ」

「…………」

どうやらヘルの体調は大分精神面に左右されるようだ。ツェリシナは頭を抱えたくて仕方がなくなった。

＊＊＊

ツェリン村は大工や職人たちの頑張りのおかげで、建物が増えたり、村の入り口が補強されたりしていた。

いつも馬車は村の入り口に止めていたのだけれど、村の中も走れる広めの道を一本整えているところのようだ。

（みんな、すごいわ……）

村の前で馬車から降りると、ちょうど通りかかったケルビンがすかさず敬礼した。

「お仕事お疲れ様です、ケルビンさん。少しの間、大樹を見たいのですが……」

「わかりました、すぐに準備してまいります‼」

「ありがとうございます」

これで、ケルビンがすぐに大樹の周りから人払いをしてくれるはずだ。ツェリシナたちはゆっくり大樹の下へ向かえばいい。

村の中を観光するようなつもりで歩いていくと、リュカーリアが立ち止まって「素敵な村ですね」と告げた。

周囲を見回すと、のどかな風景とは裏腹に、懸命に働く人たちの姿が見える。互いに気遣いあって、協力して作業をしていることがわかる。

子どもたちも、収穫したジャガイモを洗ったりしているようだ。

「あ、あれってポテチになるんだ――ん？　ポテチの匂《にお》いがするぞ？」

「……あそこの屋台で売っていますから」

（ばれちゃったか――……）

まあ、ばれないわけがないのだが。

ヘルが屋台で売っているポテトチップスを発見してしまった。ふらら～っと足が屋台に向かってしまったので、きっともう止まらないだろう。

後で用意しようと思っていたが、先に用意しなければいけなかったようだ。

「あ、金がない」

「どうぞ」

「サンキュー！」

リュカーリアが財布を取り出して、ヘルにお金を渡すと、その足で屋台へ走っていってしまった。

「すごく美味しいらしいですね、ポテトチップス」

「……気に入っていただいたようで嬉《うれ》しいです」

これはリュカーリアも食べるつもりだなと、ツェリシナは苦笑する。

ポテトチップスを購入したヘルは、すぐに戻ってきた。しかも歩きながら食べているので、よっぽど待ちきれなかったのだろう。

「私ももらっていいですか？」

「ああ、めっちゃ美味《うま》いぞ」

リュカーリアがポテトチップスを食べると、ぱっと顔を輝かせた。どうやらポテトチップスはリュカーリアのお眼鏡にもかなったようだ。

「確かにこれは美味しいですね、塩味っていうのも止まらなくなります」

そう言って、リュカーリアはポテトチップスの袋に手を入れて追加を食べている。それを見たヘルが、「あああああっ」と悲痛な声をあげている。

自分の食べる分が減ってしまうと思って焦っているんだろう。

（帰りにポテトチップスをお土産として持って帰ろう）

ヒスイにポテトチップスを用意してもらうようにお願いして、ツェリシナたちは大樹の下までやってきた。

ツェリシナの大樹を見たリュカーリアとヘルは、息を呑《の》んだ。

キラキラ輝き、泉が湧《わ》き出てフラワービーが飛んでいる。リュカーリアでさえこんな光景を見たのは、初めてだった。

どこの領地の大樹も、ここまで美しいものではなかった。

「さすがツェリシナ様です」

「すげぇな……」

二人はポテトチップスを食べるのも忘れて、しばらく大樹を眺めていた。

ツェリシナはといえば、嬉しいような恥ずかしいような、そんな気持ちになる。ツェリン村を作った当初は、まさか神殿長に自分の大樹を見てもらえる機会があるとは思わなかった。

「……女神のご加護はもちろんですが、ツェリシナ様が大切に育ててくださったからですね」

「ありがとうございます」

加護があるからという理由だけではなく、自分のことを褒めてもらえたのは純粋に嬉しかった。

それからしばらく大樹の前でゆっくりして、早めの帰路に就いた。

＊＊＊

ソラティークと会わなくなってかなり経《た》ったころ、お茶会の招待状が届いた。

内容は、以前約束した休むためのお茶会への誘いだ。

何かというと、以前蜂蜜《はちみつ》を献上したあとのお茶会で、仕事しすぎなので定期的にお茶会と称して休憩時間を作りましょうと約束していたものだ。

（婚約を解消してから、会ってない……）

しかし、ソラティークからの誘いを断るわけにもいかないだろう。約束もしたし、今後も繋《つな》がりはあった方がいいのだから。

「……ヒスイ、返事をするので準備をお願いしていいですか？」

「はい」

気が重くなりつつも、了承の旨の返事を書いて手紙を出した。

ちゃんと話をしなければいけないことは、ツェリシナだってわかっている。けれど、会うのがひどく怖いと……そう思ってしまった。

＊＊＊

ソラティークとのお茶会までの間は、リュカーリアとの結婚式の打ち合わせもあって、慌ただしい毎日を送っていた。

ドレスなどの準備に、招待客のリストの作成など、やるべきことが山のようにあった。

結婚式を挙げる場所は大神殿なので、大神殿側もツェリシナたち以上の準備に追われているようだ。

来賓の宿泊の準備や、料理など、加護の儀式とは違ってもてなさなければならないからだ。

「はー……私のツェリン村ライフ、いったいどこにいっちゃったの」

力が尽きたように自分のベッドへ倒れこんで、ツェリシナはぐったりする。

しかし今日はこれからソラティークとのお茶会なので、精神がすり減ることは間違いない。が、行かなければならないわけで……。

「……どんな顔して会えばいいんだろ」


リュカーリアとの婚約をする前は、王妃のリリンもお茶会に招待しようとツェリシナは考えていた。ソラティークともたくさんお茶会をし、楽しい日々を過ごそうと考えていた。

まあ、いつか婚約破棄を突きつけられるまで……そう思いながら。

それがこんな形になってしまうなんて、ツェリシナは想像もしていなかった。


王城に着くと、ソラティークが出迎えてくれた。

「ツェリ！」

「お久しぶりです、ソラティーク様」

表面上は可能な限りにこやかに微笑《ほほえ》み、ツェリシナはソラティークにエスコートしてもらう。今日のお茶会の場所は、庭園だ。

（そうか、もう婚約者じゃないから部屋の中はよくないんだ……）

そう思うと、ツェリシナの中で一気に現実味が増してきた。心臓が嫌な音を立てて、ソラティークの顔を直視できない。

今までさんざん婚約破棄をされるものだと思ってきたのに、いざそうなるとこんなにももろい。

背中に嫌な汗が伝って、歩く足が鉛のように重い。自分の足に歩け、進めと言い聞かせ、どうにかして動かして。


やっと庭園まで歩ききって椅子《いす》に座ると、向かいにいるソラティークから視線を感じた。それはそうだ。最初の挨拶《あいさつ》以外、ツェリシナはソラティークの顔を見ていないのだから。

（どうしよう、顔を上げなきゃいけないのに……）

ソラティークの顔を見るのが、怖い。

ずしんと重くなってしまった自分の頭には、苦笑するしかない。本当の自分は、こんなにもずるい奴《やつ》だったのだ。

（いつもソラティーク様に頼りっぱなし……結局私は、自分が死にたくないことを第一に考えた）

人間としてその判断は間違っていないけれど、王太子――将来の国王の妻としては、きっと間違った判断だったのだろう。

（私に、もっと勇気があれば……ゲームのエンディングも変えられただろうか）

何度、メリアでは王妃が務まらないと考えたか。

この世界はゲームだけれど、ただ攻略対象キャラクターと愛を育《はぐく》めばいいだけのゲームとは違う。

物語の後も、人生は続くのだ。

「ツェリ」


「——っ！」

思考の途中で名前を呼ばれ、無意識の内に顔を上げてしまった。

「あ……っ」

すぐに俯《うつむ》こうと思ったけれど、ソラティークが——どこか吹っ切れたような、そんな笑顔をこちらに向けていた。

「やっと、私を見てくれたな」

「あ、その……申し訳ありません……」

「謝罪を求めているわけではない。ツェリの判断は、間違っていないんだ」

だから自分を責める必要も、ソラティークに対して罪悪感を持つ必要もまったくないのだと。

「ですが……わたくしは、誰になんの相談もせず決めてしまいました」

「それでいい。ツェリは、私の妃《きさき》としての教育を受けてきた。ツェリは、自分の未来よりも……この国の未来を選んでくれたんだろう？」

「——っ」

ソラティークの言葉で、ツェリシナの目にいっぱいの涙が浮かぶ。

どうして、そんなにも優しい言葉をくれるのだろうか。確かに結果を見れば、放置しておいたら国に被害を出す、咲かずの大樹を処分したことになる。

だけど。

(もとはといえば、わたくしがしっかりしていなかったせい)

もっときちんと黒い花びらを管理しておけば、忘れていなければ……気を抜くとそんなことばかりを考えてしまった。

全部自分が悪いのに、ソラティークはツェリシナを責めるどころか偉いと、そう……言うのだ。

ツェリシナは目に浮かんだ涙を必死に止めて、どうにか流さないように耐える。ここで泣くような女になってはいけないと、そう自分に言い聞かす。

「ソラティーク様。わたくしは、ソラティーク様の婚約者で、幸せでした。この国が、大好きです。これからもずっと、アルバラードの平和を願っております」

「――ああ。ありがとう、ツェリ。……この国を、選んでくれて」

いつもの優しい笑みで微笑むソラティークに、ツェリシナも笑顔を返す。

こんなにも辛《つら》かった笑顔は、生まれて初めてだった。

＊＊＊

その日、国中《くにじゅう》に戦慄《せんりつ》が巻き起こった。

なんと王太子のソラティーク・リリ・アルバラードと、ツェリシナ・リンクラートの婚約が解消されたのだ。

さらに同時に、ツェリシナは神殿長のリュカーリアとの婚約の報告と、結婚の発表がされた。

町はもう、この話で持ち切りだ。


その噂《うわさ》は、一瞬でツェリン村までやってきた。

「え、ツェリシナ様が神殿長と結婚⁉　おいおい、どういうことだ⁉」

新聞を手にしたガッツは、意味がわからないと声をあげた。その矛先は、情報に明るいと思われるニコラスだ。

「私だって、わかりませんよ！　こんなこと、信じられません……‼」

ニコラスもとても驚いており、動揺している。

情報が命の商人であるニコラスも、さすがに今回のことは知ることはできなかった。人物が人物なだけに、箝口令《かんこうれい》が敷かれていたのだろう。

「これは祝えばいいのか？　どうなんだ、ニコラスさん！」

「ううん……難しいですね……。リュカーリア様がツェリン村にいらした際、ツェリシナ様は普段通りにしていましたし」

リュカーリアも終始穏やかな様子で、二人の仲は良好だと思えた。ただ、二人とも身分が高いゆえに、表面上はにこやかでも腹の底はわからない。

――が、ツェリシナに関してはそんなことはないとニコラスは思っている。それに、ソラティークとも仲睦《なかむつ》まじそうにしていたのを覚えている。

「ただ……私たちが口を挟めることではありませんから、お祝いの言葉を贈るのが一番だと思いますよ。でなければ、理由も知りませんし、ツェリシナ様を困らせてしまうと思いますから」

「……そうか。ツェリシナ様は俺たちと気さくに話をしてくれるけど、お貴族様だもんな」

きっとツェリシナしかわからないことや、自分では到底思いつかないようなことを考えているのだろう。

「しかし、問題はツェリン村ですね」

「え？　村がどうしたんです？」

「リュカーリア様と結婚されたら、ツェリシナ様はアルバラードの人間ではなくなります。おそらくですが、大神殿に行かれるんじゃないですかね」

ニコラスの推測に、ガッツは「それは困る！」と焦る。

「ツェリシナ様の屋敷《やしき》は完成したとはいえ、まだまだ立派なものに改築する予定だったんだ！　それが、大神殿に行くだなんて……。大樹だって、あんなに立派に育ったんだぞ？　言っちゃああれかもしれないが、ハルミルの町の大樹よりすごい！」

「こらこらこらこら、ガッツさん！」

ガッツの主張に、ニコラスは苦笑する。同意したいけれど、同意したところでどうしようもない。

しかし本音を言えば、まだまだツェリシナと一緒に商売をしたい――というのがニコラスの気持ちだ。

蜂蜜だって順調に売り上げを伸ばしているし、冬が来たら新作のハンドクリームだって作りたいと考えていた。

「……仕方ありません。所詮《しょせん》、運命とはままならぬものですから」

「そりゃあ、そうかもしれないですが……」

「私たちはツェリシナ様が困らないように、しっかりしましょう」

ニコラスは笑って、「忙しくなりますよ」と言った。

＊＊＊

「ううぅぅ～、終わらない！」

ツェリン村の屋敷で、ツェリシナは自室の机に向かって叫んでいた。何をしているのかというと、村に関する資料のまとめ——もとい、引き継ぎ書のようなものを作っているのだ。

結婚後は大神殿で暮らすので、ちょくちょくツェリン村に来ることはできなくなる。そのため、運営をベイセルに戻すことになっている。

ただ、ツェリシナは一つだけ我儘《わがまま》なお願いをした。

それは、運営はベイセルに任せるが、領主ではいたいということ。ツェリン村には時間があるときに来たいと考えているし、何よりアースガルズのシステムを使っている。

「——アースガルズシステム、【起動】」

システムの名前は、ツェリシナになっている。

✦ツェリシナ・リンクラート✦

所有大樹：Lv.10
守護神獣：トーイ
所有領地：アルバラード王国リンクラート領第二地区
UP! **領民**：236人 ⬆

大樹スキル

領民の祈り
：大樹の周りに泉ができる
豊穣《ほうじょう》の加護 Lv.4
：大樹の半径5キロメートルの作物がよく育ち、土の品質アップ
甘い蜜 Lv.2
：大樹が甘い蜜を発し、蝶々《ちょうちょう》・蜂《はち》を惹《ひ》きつける
魔除《まよ》けの加護 Lv.3
：大樹の半径5キロメートルは魔物が来ない

原初の大樹：収穫量がアップ
領地命名：収穫量がアップ
領地の名物：領地の知名度がアップ
一撃必殺：攻撃力がアップ
寄付の心：神殿ショップ利用可
領地の子：領民の体力がアップ
祈りの心：領民の耐性がアップ
神殿の祝福：作物の収穫量がアップ
王室御用達《ごようたし》：観光客がアップ
安らぎの場所：領民の自然治癒力がアップ

おそらく、ツェリシナが領主でなくなれば……このシステムは消えてしまうだろう。そうなると、獲得したスキルの効果はなくなってしまう。

それだけは避けたいと思うし、ツェリン村はツェリシナにとって大切な場所なので、本当にすべてを渡してしまうのは嫌だった。

「……あ、だいぶ人が増えてる」

村をまとめるのはアントンにお願いし、名簿作りはレオに任せている。定期的に報告を受けているけれど、システムを開くたびに領民が増えているから驚いてしまうのだ。

それもあって、村も随分広くなっている。大樹の周囲の畑だけでは足りなくなって、村のはずれに広大なジャガイモ畑があるし、ほかの作物もいろいろ育てている。

肉類はレオたち青年組が狩りに行っていたが、今ではそれに加えて精肉店もあるの

でぐっと手に入りやすくなっている。

「ちゃんとした村の地図も作りたいけど、それはもう少し落ち着いてからかなぁ」

本当なら自分で作りたかったが、それは難しいかもしれない。が、ツェリン村に来たときに少しずつ自分の地図を広げていくのも楽しいかもしれない。

「……それに、大神殿じゃなきゃ取れないスキルだってあるし！」

ポジティブなことも考えていかなければと、ツェリシナは拳《こぶし》を握りしめる。

頑張って進めようとしていると、部屋にノックの音が響いた。

「お疲れ様です、ツェリ様。紅茶をご用意しました」

『わうっ！』

「ありがとうございます、ヒスイ、トーイ」

紅茶の甘やかな香りに、ツェリシナはほっと一息つく。

書類を作成していたので、肩が凝ってしまってしかたがない。ぐるぐる回して、軽くストレッチもしておいた。

「順調ですか？」

「なんとかね。でも、やっぱり村のみんなに伝えられなかったのは申し訳なかったかな……」

今回の婚約関係は、公表があるまでツェリシナも話すことができなかったのだ。そのため、ツェリシナが説明するより先にみんな噂や新聞で知っていたというわけだ。

ただ、誰もツェリシナを責めるようなことはなかった。祝福の言葉と、大神殿に行ってもたまには遊びに来てくださいね……と、温かい言葉ばかり。

やっぱりこの村が――この国が大好きだと、再確認できた気がした。

閑話　どうも、側近です。　――シド

私、リュカーリア様の側近です。

正直に言って、リュカーリア様のお世話はとても大変です。あのお方はとても穏やかで温厚で、笑顔が優しい……なんて言われていますが、外面がいいだけですから。

いったい何人の人が、あの笑顔に惑わされたのでしょうね。


「とても素敵です、ツェリシナ様」

「ありがとうございます、リュカーリア様」

嬉《うれ》しそうなリュカーリア様の声と、それに微笑《ほほえ》むツェリシナ様。

今日は、お二人の結婚式で着るウェディングドレスの調整をしているところです。

ツェリシナ様はとても美しいので、リュカーリア様には勿体《もったい》ないと思います。……が、彼女をその毒牙《どくが》にかけたのはまさにリュカーリア様本人。

逃げ道を塞《ふさ》ぎ、ツェリシナ様からイエスの言葉を引き出す手口と言ったら――ただの悪魔です。

「ツェリシナ様はどんな色でも素敵に着こなしてしまいますね。もちろん白もいいですが……お色直しをするとき、私の色のドレスも着てくださいますか？」

「もちろんです」

私は割と本気で、自分の耳を疑いたくなりました。

――リュカーリア様が、あんなにツェリシナ様を気遣っているとは。

何かしらの策略があってツェリシナ様を手籠《てご》めにしたのかと思ったのですが、もしかして本当にツェリシナ様に好意を抱いているのでしょうか？　そう、思ってしまうほどに。

まあ、私はどちらでもいいですが。

部屋の壁にくっついている私は、そう……空気なのです。きゃっきゃうふふしているようなリュカーリア様とツェリシナ様にとって、私は空気でいるのが一番いい。

「この黄色地の布はどうですか？」

「淡い色合いで、とても素敵だと思います。リュカーリア様の髪色に似ていますね」

「ええ」

黄色の生地を見つけたリュカーリア様が、はしゃいでいます。

――正直、かなり驚きました。

神殿にいるときには見せない表情で、慈しむようにツェリシナ様を見ていたからです。

自分色のドレスを着てほしいなんて、乙女か！　と思わずツッコミを入れたくなりましたが……

案外、そういったことが好きだったのかもしれませんね。

なんだか、リュカーリア様の新しい一面を垣間《かいま》見られたような気がします。

ドレスの調整をしたあとは、ティータイムになりました。

リュカーリア様自ら紅茶を淹《い》れ、ツェリシナ様に勧めています。もちろん、砂糖とミルクも忘れてはいません。

「わたくしが淹れますのに……」

「私がツェリシナ様に淹れて差し上げたいんです。ただ、紅茶の淹れ方が飛びきり上手《うま》いか……と言われたら、困ってしまいますが」

若造なので勘弁してください、とリュカーリア様が口癖を言います。

「いいえ、美味《おい》しいです」

そんなリュカーリア様が淹れた紅茶を飲み、微笑んで美味しいというツェリシナ様は恐らく控えめに言って天使でしょう。

そして私ははたと気づく。

――ティータイムにまで同席する必要はないのでは？

以前のお二人であれば別ですが、今は婚約者同士。別に二人きりで部屋にいても何も問題はありません。

それに仕事は山ほどあるので、リュカーリア様が静かにされているうちにある程度済ませてしまうのがいいでしょう。

そうしましょう――と考えていたら、突き刺さるような視線を感じました。いったい何事だ⁉

そう思い視線の発信源を見ると、ツェリシナ様の執事見習いのヒスイが立っていました。

あ～～なるほど～～～～！

私はすべてを察しました。

そりゃそうです。ツェリシナ様の執事が、リュカーリア様を警戒していないわけがないのです。

同時に、私にもちゃんと監視していろと圧を送ってきます。

――でも、私にはリュカーリア様をどうこうすることはできないですよ？

私が何か進言したとしても、リュカーリア様は絶対に自分の意思を貫きますから。私なんて、砂でちゃちゃちゃっと作った防波堤にも劣りますから。

……自分で言っていて、ちょっと切なくなりました。

それから一時間ほどお茶会を楽しんで、部屋へ戻りました。

＊＊＊

アルバラード王国、ツェリシナ様のご実家のゲストルーム。私はそこの机で、リュカーリア様の今後のスケジュールを調整しています。

「ふー……」

正直に言って、きつきつです。

リンクラート家の咲かずの大樹をどうにかするのに、だいたい一月ほどかかりますから。さらに、結婚式の準備も進めなければいけません。

とてもではないですが、他国へ行く時間は取れませんね。

リュカーリア様は少し寄付が減るだけだ、なんて簡単に言ってくれていましたが、その調整をするのは全部私なわけです。

「――チッ」

思わず舌打ちをしてしまうのも、許してほしいというものです。

スケジュールと格闘していると、ドアをノックする音が……。悪い予感しかしないので出たくないのですが、私にその選択肢はありません。

ドアを開けたそこにいたのは、やはりリュカーリア様でした。

「今、大丈夫ですか?」

「呼んでいただけたら、私が伺いますが……」

仕方なく、リュカーリア様を部屋に招き入れます。今度は、いったいどんな無理難題を言ってくるつもりなんでしょうか。

げんなりしている私とは違い、リュカーリア様はとてもいい笑顔です。

「昼間は、ずいぶん楽しかったようですね」

「――!　そう、見えましたか?」

「それ以外には見えませんでしたよ……」

私は紅茶を用意し、ソファに座ったリュカーリア様の前へ置きます。リュカーリア様はゆっくり砂糖を入れて、嬉しそうに微笑みました。

「政略結婚と言ってしまえばそれまでかもしれませんが、私はツェリシナ様が大切ですから」

そう言ったリュカーリア様の笑みは、なんだかいつもより柔らかい気がしました。

「それで、用件はなんですか?」

「ああ、そうでした。ツェリシナ様にドレスを贈りたいので、仕立て屋を手配していただいていいですか？」

どうやら、昼間言っていた自分の色のドレスとやらを贈るつもりのようです。白銀の髪を持つツェリシナ様であれば、きっと黄色系統のドレスもよく似合うでしょう。

どうせなら、リュカーリア様が今まで迷惑をかけてしまった分、最高級の生地にレース、宝石類も惜しみなく使ってやりましょう。

とはいえ、これくらいではリュカーリア様の懐はまったく痛まないのですけれど……。

「わかりました、手配しておきます。採寸はウェディングドレスのときにしているので、それと同じサイズで問題ないでしょう。デザインなどは、リュカーリア様が見るんですか？」

「ええ。ありがとうございます」

「いいえ。――感謝してくれるのでしたら、もっと大人しくしていただく方が助かるのですが」

「………」

その問いには、にっこり笑顔を返されました。

そうそう、リュカーリア様はこういう人なんですよ。

「ドレスの件、お願いしましたよ」

「はいはい」

部屋を出ていくリュカーリア様を見て、私は一息つきます。

また、新しい予定が入ってしまった……。

「ですがまあ、ツェリシナ様のためと考えたら……悪くはないですね」

手帳に書かれている明日《あした》以降のスケジュールを調整し、さてどうするかと悩む。リュカーリア様からは、ツェリシナ様との時間を取るようにと、しっかり言われていますから。

しかし急がなければ、大神殿へ向かう日程に支障が出てしまいます。

「ああもう本当に……リュカーリア様は無茶ばかりだ」

と言いつつそれをこなしてしまう自分も、きっとリュカーリア様をつけ上がらせているのでしょう。しかしもう、こればかりはどうしようもありません。

私はリュカーリア様の側近であり、神殿長であるリュカーリア様を尊敬しているのですから。

「さて、もうひと踏ん張りしますか」

そう言って、私はずいぶん冷めてしまったティーポットの紅茶をティーカップに注いで、一気に飲み干した。

7　運命の女神ノルン

過ごしやすい水の月が終わり、本格的な夏が始まっていた。

それにともない、ツェリシナの結婚式の日取りも近づいてくる。かなり急ピッチで進められた結果、一ヶ月後となった。

（うぅぅ、ついにきてしまうのね……）

ウェディングドレスの調整をしているときなどは、結婚式が一歩ずつ近づいてきているような、そんな気分になる。

また、ツェリン村関係の書類も問題なく準備でき、村の名簿も一〇日ごとに更新するかたちをとっている。

ありがたいことに、ツェリン村の人口はまだまだ増えていっているのだ。

＊＊＊

あっという間に、ツェリシナが大神殿に移動する日がやってきてしまった。

リンクラート家の屋敷《やしき》の前では、家族全員が仕事を休みツェリシナの見送りにきてくれている。

「次に会うのはツェリの結婚式の日か。……なんというか、娘の成長は気づくと一瞬で終わってしまっているな」

「お父様……」

ベイセルはぎゅっとツェリシナの手を握りしめて、思い出に浸る。

閉じこもってばかりだったツェリシナが町へ出かけ、ヒスイを連れ帰り、領地を運営したいと言ったのを、昨日のことのように思い出せる。

「ツェリン村のこと、どうぞよろしくお願いいたします」

「もちろんだ。ツェリの大切な村だからね。任せておきなさい」

安心して送り出してくれるベイセルに、ぎゅっと抱きつく。

「今まで育ててくださって、ありがとうございます。お父様」

「ああ。だが、これだけは覚えておいてくれ。私たち家族は、何があってもツェリの味方だ。辛《つら》くなったら、帰ってきなさい」

「お父様ったら……」

最後の最後でそんな甘やかすようなことを言わないでくださいと、ツェリシナは苦笑する。

「体には気をつけて、到着したら手紙をくださいね、ツェリ」

「はい。すぐに手紙を出しますね、お母様」

「道が整備されているとはいえ、道中は危険も多いだろう。あまり無茶はしないようにするんだぞ？」

「はい、オズウェルお兄様。お兄様にいただいた弓も、ちゃんと持っていきます」

「何か困ったことがあれば、いつでも相談するんだよ。頼りない兄かもしれないが、ツェリが大好きだよ」

「ありがとうございます、アーサルジュお兄様」

ツェリシナは全員と抱き合って、笑顔を見せた。

「——それでは、いってまいります」

ヒスイとトーイを伴って、ツェリシナは大神殿へ向けて出発した。


がたごと揺れる馬車の中、ツェリシナはすぐに寝入ってしまった。

今日は御者ではなく、一緒に座席に座っているヒスイは、トーイと顔を見合わせる。まさか、こんな一瞬で寝てしまうとは……と。

「昨日の夜は、なかなか寝付けなかったみたいですからね」

『わうぅ……』

ヒスイは自分の横に置かれていたクッションをツェリの隣に置いて、体が揺れないようにしてあげる。それから、ブランケットを膝《ひざ》にかけた。

「トーイ、ツェリ様が馬車の揺れで倒れないようお守りするんだぞ」

『わう！』

任務を受けたトーイは使命感に燃えたようで、表情をキリッとさせた。そのままツェリシナの横で待機という名の添い寝をしてくれる。

トーイのもふもふが触れた瞬間、ツェリシナの表情がへにゃりと笑った。

（楽しい夢でも見てるんでしょうか）

大神殿までは、約一〇日間。

つまり、ツェリシナにとって自由にできる時間というのは、たったのそれだけしかないのだ。ヒスイは、道中の町でツェリシナがゆっくりできたらいいと思う。

しかし、ツェリシナにゆっくり自由な時間を過ごしてほしい――というヒスイの思いは、あまり上手《うま》くいかなかった。

「うちの国から神殿長の花嫁が出るなんて、なんてめでたいんだ！」

――そう、どこの村や町でも、ツェリシナとリュカーリアの結婚の話で持ち切りなのだ。そのどれもが、ツェリシナを称《たた》えるものばかり。

ときおり、民衆に人気の高い貴族の娘がソラティークの妃《きさき》になればいいのでは？　という話も混じっているくらいだ。

「みんな、こういう噂《うわさ》が好きよね」

「ツェリ様は気にならないんですか？」

「んー……あんまり？　前は加護なしって言われてたし、それに比べたら全然へっちゃらかも」

自分は思った以上にメンタルが鋼だったようだと、ツェリシナは笑う。人の噂はあまり気にならないし、気にしたってどうしようもない。

それよりも、ソラティークが悪く言われていないということに安堵《あんど》した。ツェリシナにとっては、それで十分だ。

それからはゆっくり町で観光し、一日宿でダラダラする日なんてものも設けた。流行のカフェや、可愛《かわい》い動物がいるという話を聞いて見に行ったりもした。

そんなことをしていたら、余裕を持って大神殿に到着するはずだったのに、結局ギリギリになってしまった。

いや、ギリギリにしたというべきだっただろうか。

＊＊＊

ツェリシナが大神殿に到着すると、真っ先にヘルが迎えにやってきた。

（もしかしてポテトチップスを持ってきてると思われているんじゃや……）

と、思わず勘ぐってしまった。

しかしヘルは礼儀正しく挨拶《あいさつ》をし、多忙のため出迎えが難しいリュカーリアの代わりだと告げた。

「ようこそいらっしゃいました。こうして無事にお会いできましたことを、嬉《うれ》しく思います」

「出迎えをいただきましてありがとうございます、ヘル様」

「いいえ。ツェリシナ様も、長い道のりでお疲れでしょう。部屋を用意しておりますので、こちらへどうぞ」

「はい」

ヘルにエスコートしてもらい到着した部屋は、とても広かった。大樹がある中庭に面した窓があり、そこから下を見ると大樹がある。

（え、こんないい部屋でいいの!?　って、私はリュカーリア様の婚約者だった……）

であれば、確かにこれくらいの待遇になっても不思議ではないだろう。一般人では見ることもできない大樹が毎日見放題というのは、純粋にすごい。

しかし同時に、自分の大樹が恋しくもなってしまう。

（って、しんみりしちゃ駄目！）

ツェリシナがぶんぶん頭を振ると、ヒスイが神官から何かを説明されているところだった。

「ああ、あいつはツェリシナについて来たくて神官になることにしたんだろ？　その話とか、部屋の説明をするって言ってた」

「なるほど……」

ツェリシナが不思議そうに見ていたからか、ヘルが教えてくれた。

ヒスイは執事見習いであったため、基本的に一通りの仕事はできるようになっているのだが、さすがに大神殿となれば勝手が変わることも多いだろう。しばらく、ツェリシナもヒスイも忙しい毎日になりそうだ。

ツェリシナの視線に気づいたヒスイが、こちらにやってきた。

「ツェリ様。法衣《ほうえ》をもらったりしないといけないので、しばらく席を外しても大丈夫ですか？」

「もちろんです」

「ありがとうございます」

（そうか、ヒスイも法衣を着るのか……）

見習い執事服も似合っていたが、きっと法衣も似合うだろう。静かにたたずんでいれば、神秘的な美少年のできあがりだ。

ヒスイと神官が退室すると、ヘルと二人きりになってしまった。

（リュカーリア様の弟とはいえ、さすがによくないわね）

どうするのだろうとツェリシナがヘルを見ると、先ほどと違い肩の力を抜いてだらりとしていた。

神官がいなくなったので、しゃきっとしているのを止《や》めたようだ。

（ギャップがひどい……）

ツェリシナが苦笑していると、ヘルが「そうだ」と声をあげた。

「大樹でも見にいくか？　さっき、窓から見てたろ」

「え……でも、いいんですか？」

「ああ。俺とツェリシナに駄目って言える奴《やつ》なんて、ここではリュカくらいだ。んで、リュカはそんなこと言わないから問題ない」

「ヘルったら……」

なんと自分勝手な言い分だろうか。

しかし実際のところもおそらくそんな感じなので、見に行く分には問題ないのだろう。

「そうね、せっかくだから大樹のところに行きましょうか」

「おう」


内側の螺旋《らせん》階段を使い、ツェリシナとヘルは大樹の下へやってきた。久しぶりに見たけれど、やはり大神殿の大樹はほかの領地のものとは違って存在感がある。

以前来たときは、大樹に触れて自分の加護の凄《すご》さを実感したものだ。

（これって、勝手に触れてもいいのかな？）

今は自分を加護する女神の名前も知っているし、大樹に触れたときの反応もまた違うかもしれない。

けれど、勝手に触れていいものではないかもしれない。悩みながらそろ〜っと手をのばし、やっぱり駄目！　と、ツェリシナは手を引っ込める。

「何やってんだよ」

「わわっ！」

ツェリシナの行動を見ていたヘルが、「触りたいなら触ればいいだろ」とツェリシナの手首を掴《つか》んで大樹へ触れさせてしまった。

すると、すぐにツェリシナの体を光が舞った。ローズピンクの左目はハニーピンクになり、祝福の印が浮かぶ。

あのときと同じ神秘的な現象に――

《ピロン！　隠しクエストが発生しました！》
ヘルを救え！
ラスボスとして復活するというヘルの運命を変えると、スキル【聖女の祈り】を獲得できます。

――ひゅっと、息を呑《の》んだ。

（ちょっとちょっと、なんなのこのクエストは⁉　知らないんだけど⁉）

ゲームにも隠しクエストはあったけれど、その情報はすべて攻略本に載っていた。しかし、その中にこんなクエストはなかったはずだ。

そもそも――

（そもそも、こんなの運命の女神の加護を授かった私にしかできないじゃない⁉）

間違いなく、ヒロインにはできない。

どういうことかわからず、ツェリシナの頭の中は大混乱だ。

唯一わかったことといえば、やっぱりヘルがラスボスで間違いないということだろうか。

「どうかしたのか？　ツェリシナ」

「あ、うぅん、なんでもないの。大樹に感動して、声も出せなかっただけ」

「なんだそれ」

心配してくれたヘルが、ツェリシナの返答に笑う。

しかしツェリシナは、それどころではない。新しく出てきた隠しクエストは、ヘルを救うためのものでもあるように思えるからだ。

（でも、加護の力なんて自由に使えないし……）

現に、ヘルを見ても選択肢は現れない。

（あ、なら……このまま大樹に祈ってみる？）

もしかしたら、パワーアップできるかもしれないと考える。

ツェリシナは大樹に触れたまま、ゆっくりと目を閉じた。

「我《われ》は運命の女神ノルンに仕えし者なり。どうかその声を、我に届けていただけますよう――」

すると、ツェリシナの胸が熱くなった。女神ノルンが応《こた》えてくれたのだろうということが、直感的にわかる。

けれど、声が聞こえるほどではなくて。

（どうか、ヘルを助ける方法を教えて……！）

必死で祈ってみるが、次第にその熱は小さくなって消えてしまった。

（駄目か……）

ツェリシナが目を開けると、ハニーピンクの瞳《ひとみ》は元のローズピンクへと戻っていた。加護の力を使えるようになるには、まだまだ修行が足りないようだ。

ツェリシナが息をつくと、ヘルが「終わりか？」と聞いてきた。

「はい。今日はもうご加護を感じられそうにないです」

「確かに、目の色が元に戻ってるな」

ヘルが不思議そうに、ツェリシナの目を覗《のぞ》き込んできた。黒い瞳と目が合い、少しばかりどきりとする。

「ヘル、近い……」

「あ、わりぃわりぃ」

ぱっと離れて、ヘルは大樹の下へ座り込んだ。どうやら、このまま少しのんびりするつもりのようだ。

「ここは人があんまり近づいてこないから、いいな」

（それは大樹が神聖だから近づける人が少ないだけじゃ……）

そう思いつつも、ツェリシナも大樹の下に座り込む。そよそよ吹く風がとても気持ちよくて、確かにのんびりする場所としては最高だろう。

ツェリシナとヘルは、しばらく大樹の下でゆったりした時間を過ごした。

＊＊＊

運命の女神ノルンの力を使えるようになるため、ツェリシナは毎日のお祈りから始めることにした。

大神殿の一階にある祈りの間で、朝と夕方に祈る。それ以外の時間は、残念ながら結婚式の準備やらなんやらで大忙しだ。

ヒスイは祝福の神官の法衣を身につけ、しばらくは大神殿の勉強などをするという。ただ、ツェリシナの側近の許可は出ているので、側《そば》に控えていることが多い。

トーイはもふもふの愛らしさを十分に発揮し、神官と巫女《みこ》にモテモテだ。


ツェリシナがリュカーリアと会えたのは、大神殿に来てから三日後だった。

「婚約者の出迎えもできず、大変申し訳ありません……」

「そんな、お忙しいのですから気になさらないでください」

どんよりしているリュカーリアを見て、ツェリシナは苦笑する。それにこの数日は隠しクエストや修行のことを考えていたこともあり、充実した毎日でもあった。

リュカーリアはといえば、他国の貴族との面会があったため訪問していたようだ。おそらく、大樹に関する相談事だろう。


「ツェリシナ様、大神殿での生活はいかがですか？　何かあれば、すぐ私に相談してください」

「ありがとうございます。皆さんよくしてくださいますし、ヒスイとトーイも一緒ですから、不便はまったくありません」

夜もちゃんと休んでいるし、三食用意される食事も美味《おい》しい。大樹もヘルが同行してくれたおかげで見ることができたし……至れり尽くせりだ。

ツェリシナの返事を聞いて、リュカーリアはほっとしたように微笑《ほほえ》む。

「よかった。今更……と思われるかもしれませんが、強引に事を進めた自覚はありますから」

「…………」

リュカーリアの言葉に、ツェリシナはただただ微笑みを返す。人のいい青年のように見せかけて、腹の底は真っ黒だ。

（油断しないようにした方がいいかもしれないわね……）

「そういえば、ヘルはどうしているでしょう？」

「ヘル様ですか？　わたくしが到着した日は、出迎えてくださって、大樹まで案内してくださいましたが……それ以降は見ていません」

「そうですか……」

少し困った様子のリュカーリアに、ツェリシナはどうしたのだろうと首を傾《かし》げる。

（というか、鎖のついた部屋はどうなったんだろう？）

ヘルに関するクエストも進行しているので、確認した方がいいだろうとツェリシナは考える。しかし、今の状況で誰かに見つかってしまっては相当にやばい。

ツェリシナが悩んでいると、なんとリュカーリアから提案してきた。

「よければ、ヘルの話し相手をお願いできませんか？　もちろん、ツェリシナ様がお暇なときだけで構いません」

「わたくしでよければ、喜んで」

「本当ですか？　ありがとうございます。ヘルは人見知りなところもあって。よほどのことがないと部屋から出て来てくれないんですよ……。ですが、ツェリシナ様には心を開いているようですから、安心です」

姿を見ないと思っていたヘルは、部屋に引きこもっているらしい。

おそらく地下の部屋にいるのだろうが、あんなところにいて気が滅入《めい》ることはないのだろうか。

やはり人間、太陽の光を浴びるのが一番だ。

（あ、なら散歩しながら雑談でもすればいいのかな）

そうすれば、太陽の光を浴びながら会話をし、さらには運動までできてしまう。一石二鳥どころか、一石三鳥だ。

心配事があるとすれば、ヘルの体調面だろうか。

「ヘル様は、普段の体調は大丈夫でしょうか？　もし、わたくしのせいで体調を崩されてしまっては大変ですから」

「ああ、それでしたら問題ありません。基本的に人と乗り物が苦手なだけなので、それがなければ元気にしていますよ」

「それでしたら、大丈夫そうですね」

特に体調に不安なところはなかったので、ツェリシナはほっと胸を撫《な》でおろした。

＊＊＊

そして翌日、リュカーリアに言われたらしいヘルがツェリシナの部屋を訪ねてきた。いつものようにフードを深くかぶっているが、ぱっと見は元気そうだ。

「よお」

「おはよう、ヘル」

ヘルはツェリシナの部屋に入ると、フードを取った。

大神殿の中はほかの人間がいるため、いつもフードをかぶっているようだ。

(大神殿の中で落ち着けないっていうのは、かなり不便なんじゃ……って、だから引きこもってたのか)

「えーっと……散歩でもする?」

「散歩って、絶対に人がいるだろ。嫌だ」

「ええぇ、歩いて運動になったら気持ちいいのになぁ……」

仕方ない、まずは無理せず庭かどこかでティータイムをすることから始めるのがいいだろう。

(それか、大樹を見に行くとか?)

それならば、道中に螺旋《らせん》階段があるので多少の運動にはなるだろう。


ということで、大樹にやってきた。

リュカーリアから大樹の下へ行く許しは得ているので、遠慮は必要ない。ヘルは、大樹の前でころんと寝転がった。

「ん~気持ちい……」

「寝ちゃいそうね」

「ぽかぽかして、いい天気だからなぁ。絶好の昼寝日和だ」

「……そういえば、三食昼寝つきの生活って言ってたもんね」

もしかして、いつもは昼寝をしている時間だっただろうか。なんてことを考えていると、ヘルから寝息が聞こえてきた。

（え、はや……）

びっくりするほど寝つきがいい。

ツェリシナは寝ているヘルの隣に体育座りをして、その寝顔を眺める。とても無邪気で、ラスボスになるなんて思えない。

（ヘルの運命なんて、どうやって変えればいいんだろ）

そもそも、運命の選択肢の出し方もわからない。仕方がないので長期戦を覚悟しているが、早く終わるにこしたことはないのだ。

「今まで運命を変えられたのは、大樹の花と、プラチナローズに、ヒスイの怪我《けが》、咲かずの大樹のときの雨……」

共通点はなんだろうかと、頭を悩ませる。

場所も時間も、対象も違う。

大樹の花とヒスイだけ見れば、加護が関《かか》わっている気もするが、プラチナローズは珍しくはあるが、大樹とも加護とも関係のないただの薔薇《ばら》だ。

となると、思い当たることは一つ。

「もしかして、私の感情？」

当たっているかはわからないけれど、今のところはそれくらいしか思い当たる節がない。

しかしもしそうならば、ヘルがピンチにでもならなければ難しいのではないか……と、ツェリシナは頭を抱える。

「はぁ……もっと頑張ろう」

何を頑張ればいいか明確な答えは出ていないが、ヘルがラスボスにならない未来を自分が作れるのであれば――ただただがむしゃらに走るだけだ。

ツェリシナは「うっし！」と品のない気合を入れて、大樹に触れ女神ノルンに語るお祈りの練習をするのだった。

＊＊＊

「は――……」

何も進展がないまま、結婚式の前日になってしまった。寝て起きたら、もう結婚式だ。

朝と夕の祈りでは何も進展がなかったため、昼と夜の祈りも加えてみたが、やはり加護の力がパワーアップしたような気配はない。

思い出すのは、リュカーリアとヘルが咲かずの大樹を枯らしたときのことだ。あのときの二人は自分たちの加護を使いこなせているという感じがして、とても格好良かったと思う。

（私もあれくらいできたら……って）

「ヘルに加護の力の使い方を相談したらいいんじゃない？」

なんとなく、救う対象のヘルに助けを求めるものではないと思い込んでいたが、そんなことはない。

ベッドから体を起こして時計を見ると、夜の一二時ちょっと前。神殿は就寝時間が早いため、みんな寝ているだろう。

しかし、さすがにリュカーリアの婚約者である自分が、深夜にこっそりヘルの部屋に行くのはいかがなものか。

「でも、今を逃したらもっと難しくなる……よね？」

結婚式が終わったら、翌日から新婚旅行に行く予定になっている。景色が綺麗《きれい》なところをいくつか巡り、温泉地にも行くスケジュールになっていたはずだ。

帰って来てからは、リュカーリアの妻としての仕事がたくさん待っているし、ツェリシナ自身には祝福の巫女という地位も与えられる。

つまり、自由時間がまったくなくなってしまうのだ。

ただただ与えられた仕事をこなすだけの、つまらない人生になってしまう可能性だってある。

『そんなの駄目よ！』

「え⁉」

突然、ツェリシナの頭の中に声が響いた。

以前聞いた、女神ノルンの声と同じものだ。

『あなた、私が加護を授けているのに単調な毎日を送るつもり？　そんなつまらないこと、許せないわ！』

「いや、許せないと言われても……」

今まで必死に祈っても返事の一つもくれなかったのに、いざ退屈な日常になってしまうと知ったら出てくるなんて……。

（そういえば、私の前世の話とかも聞きたそうだったもんね）

『そうそう、それも好きよ！』

「ちょ、心の声まで読まないで‼」

思わず叫んでしまう。

これでは心の声が筒抜けではないか……！　ツェリシナが顔を赤くしつつ抗議すると、女神ノルンは『いいじゃない』とくすくす笑う。

『それにしても、あなたは私の加護を授かっているのよ？　もう少し、自分本位に考えてもいいのではなくて？』

「え……？」

『自分の心を殺してつまらない毎日を過ごすなんて、私の美学じゃないもの』

「…………」

女神ノルンに、ツェリシナは頭を抱えたくなる。まさか、こんなにも自由な女神だとは思ってもみなかった。

（もっとこう、荘厳さがあるんじゃないの？）

『無遠慮な子ね、まったく』

「ひえっ、すみません‼」

だから心は読むなと叫びたいが、言っても無駄そうなのでツェリシナは早々にあきらめる。相手は女神なのだから、こちらに勝ち目なんてないだろう。

『とりあえず、そうね……あなたが正直になったら、私の力を貸してあげる』

「えぇっ⁉」

『だって、このままじゃ死んだような毎日を過ごしそうなんだもの』

「…………」

無遠慮は女神ノルンなのでは？　と思ってしまったのも、仕方がないだろう。

「人間は、そんな簡単なものじゃないんですよ」

自分が正直になったら、いったいどうなってしまうのか。

リンクラート家はもちろん、アルバラード王国やソラティークたちにも迷惑がかかるだろう。神殿長である、リュカーリアの面目だって丸つぶれになってしまう。

自分の行動の一つ一つに、いろいろなものが乗っているのだ。

『……人間って、怖がりね。あなたの心の底には、死への恐怖が感じられるもの』

「それは……っ！」

ゲームのエンディングで訪れる、死のことだ。

正直に言ってしまえば、今はゲームとの差異がとても多い。だからゲームと同じシナリオにならない可能性は十分にある。

だけど――○％ではないのだ。

もしかしたら強制力が働いて、ほぼ一〇〇％かもしれないし、一％にも満たないのかもしれない。

けれどそれは、ツェリシナにはわからないのだ。

ツェリシナが黙ってしまったからか、女神ノルンは『馬鹿《ばか》ね』と苦笑する。

『何を怖がる必要があるの？　ツェリシナ、あなたは私が与えた最強の加護を持っているのに』

「――……っ！」

女神ノルンの言葉に、ツェリシナは息を呑《の》む。そんなことを言われても、自分では女神ノルンの加護の力を使いこなすことができないのに。

「女神ノルン、ねえ――っ」

しかし呼びかけても、それ以上の返事はなかった。

「……ああもう、はぁ」

ツェリシナは大きくため息をついた。

＊＊＊

「うわ！　ツェリシナ様、酷《ひど》い顔ですよ……」

朝、ヒスイが開口一番にそう言った。

「そんなの、私が一番にわかってるもん。この顔は化粧でなんとかするからいいんだもん」

「もんって……」

ぐったりした様子のツェリシナは、どう見ても眠っていない。実際眠れていないのだから、仕方がないのだが。

今は朝の七時で、すぐに結婚式の準備に取りかからなければいけないので寝る時間はもうないのだ。

ヒスイは困った顔でツェリシナを見つつ、濡《ぬ》れタオルを用意して目元を冷やしてくれた。

「緊張して眠れなかったんですか？」

「うーん……緊張というか、加護のことでちょっと考えこんじゃって？」

「は？」

ツェリシナが素直に理由を話すと、ヒスイからいつも以上に低い声が出てきた。そんな声、いつも出さないのに……と思ってヒスイの顔を見ると、笑顔で怒っていた。

「本日はツェリシナ様の大切な結婚式ですよ？　緊張して眠れないならまだしも、加護のことを考えて眠れないとは何事ですか……」

ヒスイは遠慮なくため息をついて見せた。

（そこまで言わなくても……）

また泣いてしまいそうだ。

しかし次のヒスイの言葉で、ツェリシナの心は軽くなる。

「別に、ツェリ様は自分の好きに生きればいいんですよ。何かあっても私とトーイはずっと一緒にいますし、道だって私が示せます。ツェリ様の加護があれば、なんだってできます。その力がなかったら、きっと私はもうこの世にいませんよ」

「――っ！」

「だから、好きに生きればいいと思いますよ」

そう言って、ヒスイは笑った。

＊＊＊

ツェリシナとリュカーリアの結婚式は、大神殿の大樹の前で誓いの儀式を行う。その後、場所を祈りの間に移し簡単な食事が振る舞われる。

誓いの儀式は一般の立ち入りが禁止されているが、祈りの間は開放されているため、一般の人も見に来ることができる。


一睡もできなかったツェリシナは、綺麗に化粧がほどこされて、徹夜明けとは思えない美しい花嫁に仕上がっていた。

神殿での結婚式は、ウェディングドレスと白のタキシードに、大樹の刺繍《ししゅう》がされ、少し法衣《ほうえ》のデザインが組み込まれたものになっている。

ツェリシナのウェディングドレスは幾重にも折り重なったレースが美しく、スレンダーラインがツェリシナの体型を引き立てる。

「とても綺麗です、ツェリシナ様」

「ありがとうございます。リュカーリア様も、とっても素敵です」

「……これは照れてしまいますね」

ツェリシナの言葉を聞いて、リュカーリアが微笑《ほほえ》んで頬《ほお》を染める。

もうすぐ、結婚式が始まるのだ。

大樹の周囲には、参列者用の椅子《いす》が置かれている。

そこには各国の王や王太子たちが並んでいて、その中にはもちろんソラティークの姿もある。

ツェリシナの家族も全員で駆けつけてくれているし、アンナとオデットも連れて来てくれたようだ。

「……あれ？」

そしてもう一人、自分の知る人物を捜すために視線を巡らせてみたが……いない。

「どうしましたか？」

「あ……ヘル様がいらっしゃらないようでしたので、気になってしまって」

「……本当ですね。今日は人が多いので、朝一番でヘルを連れてきたのですが」

リュカーリアの表情は、どこか寂しそうだ。

（家族が結婚式に参列してくれないのは、嫌だよね……）

時計を確認すると、入場までには一五分ほど時間がある。

「捜しに行きましょう！」

「え？」

「家族に見守ってもらえない結婚式は、気持ちがいいものではないですから」

「お気遣い感謝いたします、ツェリシナ様」

リュカーリアが頷《うなず》いてくれたので、ツェリシナは急いでヘルを捜しに向かった。もちろん、リュカーリアの側近や手の空いている神官や巫女《みこ》にも協力してもらった。

恐らく人がいるところにはいないだろうと思い、一般開放はされていないエリアと、庭園を見て回ったのだが……ヘルの姿はどこにもなかった。

(隠れられそうな棚だって開けて確認したのに……‼)

「はぁ、はっ……もう、どこに行ったのよヘル！　──あ」

息を切らし、手分けをして捜し、一つだけ思い当たる場所があった。

そこはまだ捜していないし、おそらく下位の神官や巫女は存在も知らないであろう場所──地下にあるヘルの部屋だ。

時計を見ると、行って戻ってくるだけでも時間はギリギリだろう。

(でも、リュカーリア様の家族はヘルだけ……)

多少の遅刻は大目に見てもらおうと、ツェリシナはヘルがいるかもしれない地下へと急いだ。

ちょうど誓いの儀式の前ということもあり、地下へ続く祈りの間には人がいなかった。しかし準備は終わっているので、料理のいい匂《にお》いがする。

誰もいないことに安堵《あんど》し、ツェリシナは急いで地下へ降りた。

少し歩くと、話し声が聞こえてきた。

(──ヘルと、リュカーリア様の声だ！)

どうやら、リュカーリアもツェリシナと同じ結論に至り、ヘルの部屋へやってきたようだ。

（まあ、可能性があるのはここくらいだもんね。でも、それならここはリュカーリア様に任せて、私は先に戻っていた方がいいかも）

そう考えて引き返そうとしたら、お約束よろしく、地面に落ちていた石に足が当たってカツンと小さな音を立ててしまった。

これが大神殿の中であれば、きっと誰も気づかなかっただろう。けれどここは静かな地下で、ツェリシナたち以外に誰もいない。目立たないわけがないのだ。

「……っ！」

「――どなたですか？」

焦るようなヘルの息遣いと、淡々と問いかけるリュカーリアの声。ウェディングドレスを着ていることもあり、正体をばらさずに逃げることは不可能だろう。

ツェリシナは仕方がなく、二人の前に姿を見せた。

「わたくしです……」

「ツェリシナ様、どうしてこんなところに……いえ、ヘルを捜しに来てくれたのですね。ありがとうございます」

リュカーリアはツェリシナがこの部屋を知っていたことに驚いたようだが、ちらりとベッドに潜っているヘルを見て息をついた。きっと、ヘルが教えたと結論付けたのだろう。

「なんだ、ツェリシナか。知らないやつが来たのかと思って隠れちまったぜ」

ヘルの言葉に、ツェリシナは苦笑する。

「もうすぐ結婚式が始まるので、一緒に上へ行きませんか？」

「あー……そうだよな、やっぱ参加しないと駄目か……」

ツェリシナが声をかけると、ヘルがしぶしぶといった感じでベッドから出てきた。

「結婚式……人見知りの俺には厳しいイベントすぎる。ちょっとだけ、ちょっとだけ……だからな」

「はい。少しだけでも参列していただけたら、とっても嬉《うれ》しいです」

「ありがとう、ヘル。参列していただけて、嬉しいです」

リュカーリアがとても嬉しそうにしていたので、このときツェリシナはヘルが少し辛《つら》そうにしていたことに気づかなかった。

＊＊＊

結婚式が始まり、ツェリシナとリュカーリアは二人並んで入場した。

ゆっくり大樹の下まで歩いていき、その下で結婚の誓いを交わす。それで、二人は正式な夫婦となるのだ。

ツェリシナが緊張した面持ちで歩いていると、隣を歩くリュカーリアが小声で「大丈夫ですよ」と微笑んだ。

「ゆっくりでいいんです。今、ここには私たちしかいないと、そう思うと気持ちが楽になりますよ」

「まあ……。それは、リュカーリア様の緊張しないおまじないですか？」

「ええ。お恥ずかしいですが、まだ若造ですので……緊張する場面は多いのですよ」

このような場所では特に、と。

自分も緊張しているし、失敗だってするかもしれない。だから、ツェリシナも気負わずにしていてくれという、リュカーリアからのフォローだ。

無事に大樹の下へ着くと、厳かに誓いの儀式が開始した。

結婚式自体は、日本のものとそう変わらない。元々が乙女ゲームということもあって、馴染《なじ》み深いものになっているのだ。

儀式を仕切るのは、祝福の神官だ。

「リュカーリア・アースガルズ。健やかなるときも、大樹が枯れるときも、ともに支えあい慈しみ愛することを誓いますか？」

「誓います」

リュカーリアの澄んだ声を聞き、次は自分の番だと息を呑む。

（本当に……結婚、しちゃうんだ）

祝福の神官が誓いの言葉を紡ぐ間、ツェリシナの脳裏に……女神ノルンと、ヒスイの言葉が浮かぶ。

本当にこれでいいのだろうかと、思ってしまう。

この乙女ゲーム世界の悪役令嬢に転生してから、死なないように頑張ってきた。生きたいと思うことは、止められるものではない。

――けれど、好きに生きられないのならば、死んでいることと同義ではないだろうか。

そんなことを、考えてしまった。

「女神ノルン、ヒスイ……それに……っ、ソラティーク様」

ツェリシナが名前を呼んだ瞬間――――それは起こった。


「う、ううぅっ、あぁぁぁっ‼」


苦しそうなうめき声が聞こえ、ツェリシナとリュカーリアは振り向いてすぐ、呼吸を乱して苦しんでいる人物を見つけた。

「――ヘル⁉」

先ほどまでは体調不良なんてまったくなかったというのに、いったいどうしてしまったのか。ツェリシナは焦り、リュカーリアを見る。彼なら、ヘルの状態がわかるかもしれない。

――リュカーリアは、辛そうに顔を歪《ゆが》めていた。

駆けつける様子のないリュカーリアに、ツェリシナは焦る。

あまり乗り気ではなかったヘルを結婚式へ引っ張ってきたのは、ツェリシナだ。

(もしかしてもしかしなくても、私のせいだよね⁉　あああごめんなさいっ‼)

一緒にヘルの下へ行こう、そう口にしようとすると、リュカーリアが泣きそうな表情でツェリシナを抱きしめてきた。

そしてツェリシナにだけ聞こえるようで、消え入りそうな、泣きそうな声を出した。

「ツェリシナ様、どうか……ヘルをお願いいたします」

「――っ⁉」

リュカーリアの言葉の意味がわからなくて、ツェリシナの思考が一瞬止まる。けれど、今はそれを考えている余裕はない。

ツェリシナは頷いて、ヘルの下へ駆け寄った。

「ヘル様！」

「は、はぁっ……っうぅ、ツェ……リシナ……」

浅い呼吸を繰り返すヘルの首筋で、祝福の印が光っていた。どうやら、この苦しみは加護が関《かか》わっていることのようだ。

（だけど、加護は力を貸して守ってくれるものじゃ――）

そこまで考え、そういえばヘルの加護の力は対象を『枯らす』力であることを思い出す。守ってくれる加護かと問われたら、言葉に詰まるだろう。

（加護の力が暴走しようとしてる？　わからない……！）

「ヘル様、しっかりしてください！　加護の力を静めることはできますか⁉」

「はっ、はっ、無理、だ。こ、こは、神の加護の力を持つ、はぁ、はっ……奴《やつ》が、多すぎる……っ！」

「……もしかして、他人の加護に影響されてる？」

ということは、人見知りだというのは――ヘルなりの防衛だったのかもしれないと、ツェリシナは考える。

「この……ままだ、と、封印が……っ」

「えぇぇっ⁉」

ヘルの封印という言葉に、ツェリシナは焦る。それは間違いなく、ヘルに封印されていると思われるラスボスのことだからだ。

（このまま解き放たれたら、ヘルはラスボスになる⁉）

――そんなの、させるわけにはいかない。

けれど、ツェリシナは加護の力を自在に使うことはできない。さらに自分のつまらない人生では、ノルンは力を貸してくれそうになかった。

（ああもう、どうしたらいいのよっ！）

国のことや、人間関係のこと――そのすべてを投げ出して、好きに生きればいいのか。でも、そんなことツェリシナにできるわけがない。

「……でも、楽しい人生にする努力ならできる！」

（私はゲームの知識があるから、ツェリン村の大樹レベルをマックスにすることだってできるはず。もしかしたら、神殿の大樹だって……‼）

ツェリシナは一度瞳《ひとみ》を閉じて、深呼吸をする。


「――運命のノルン。私がこの世界で一番の大樹を見せてあげるから、力を貸しなさい‼」

告げて瞳を開くと、左目がローズピンクからハニーピンクに変わって光り、ツェリシナの頭の中に声が響いた。

『まさか、そんな提案をされるとは思わなかったわ』

でも、それも楽しそうだとノルンは笑った。

「女神ノルン――！」

『あなたは好きに生きるのがいいのよ。何かあったら、私が助けてあげるもの』

女神ノルンはそれだけ言うと、すぐに消えてしまう。

そして同時に、ツェリシナの前に選択肢が現れた。

▽どちらの選択肢を選びますか？
ツェリシナから悪役令嬢の呪縛《じゅばく》を解き、自由の身にする。

ヘルからラスボスの呪縛を解き、世界中《せかいじゅう》の大樹を守る。


なんともいやらしい選択肢だ。

(だけど、今の私なら女神ノルンの力を使いこなせる……そんな気がする)

ツェリシナは大きく息を吸い、呼吸を整えてから選択肢を選ぶ。どちらを選ぶかなんて、決まっている。


ツェリシナから悪役令嬢の呪縛を解き、自由の身にする。
▼ヘルからラスボスの呪縛を解き、世界中の大樹を守る。

「ヘルをラスボスの呪縛から解放する『運命』を‼」

ツェリシナが叫ぶと、ヘルが光に包まれた。

苦しそうな呼吸はなくなって、穏やかな寝顔になった。さらに、ヘルの首筋にあった祝福の印も消えてしまった。

ひとまず不調の原因が取り除かれたことに、ほっとする。

（よかった、これでヘルがラスボスになることはない……）

つまり、この乙女ゲームの危機もなくなった。


ヘルの一件が収まり、すぐに参列者がざわめき始めた。

目の前でこんな光景を見せられて、黙っていられるわけがないのだ。ツェリシナは無我夢中だったので、そのあたりの配慮をまったく失念してしまっていた。

（ど、どうしよう……）

ひとまずヘルは神官が奥へ運んだからよしとするが、どうこの場を収めるべきか。

するとリュカーリアが軽く手を上げ、周囲に目を巡らせた。全員がすぐに口を噤《つぐ》み、リュカーリアへ視線を送る。

「失礼いたしました。弟は奥で休ませていますので、もう大丈夫です」

にこりと微笑《ほほえ》んだリュカーリアには、誰もツェリシナの加護のことを突っ込んで聞くことはできない。

結果、結婚式が続行されることになった。

先ほどと同じように、ツェリシナとリュカーリアは大樹の前に立つと——リュカーリアがじっとこちらを見てきた。

「……リュカーリア様？」

「ツェリシナ様が先ほど呟《つぶや》いた言葉を、聞いてしまいまして」

「――あ……っ」

先ほどの言葉とは、ツェリシナが本当に結婚してしまうのかと考え、女神ノルンとヒスイ、それから……ソラティークの名前を呼んでしまったときのことだ。

寂しげなリュカーリアの表情を見て、ツェリシナはハッとする。

（リュカーリア様は、私との約束を守って咲かずの大樹を処理してくれた）

ここで自分が結婚から逃げるのは、その約束を反故《ほご》にするということだ。最低な行為をしようとしてしまったと、ツェリシナは自分のことが嫌になる。

すると、頰《ほお》に温かさを感じた。

リュカーリアの手が頰に触れていて、その顔は……どこか仕方がないとでもいうような、そんな表情をしている。

「本当は、ツェリシナ様のお心までほしかったのですが……致し方ありませんね」

「……リュカーリア様？」

リュカーリアの顔が、ゆっくりツェリシナに近づいてきた。ツェリシナはまだ誓いの言葉を言っていないので、誓いのキスには早すぎる。

しかしリュカーリアはツェリシナの唇へキスをするのではなく、耳元に唇をよせた。まるで、内緒の話をするかのように。

「私と結婚するという運命を、変えてしまってください」

「――っ！」

リュカーリアの言葉に、心臓が止まるかと思った。ドッドッドと鼓動が急加速して、いったいどう返事をすればいい？　と、脳内はパニックだ。

あんなにも――リュカーリアはあんなにも、ツェリシナを欲していたというのに。

「私たちは確かに政略結婚ではありますが、ツェリシナ様のことを大切にしたいと思っていた気持ちは本当です。けれど、若造の私にはツェリシナ様を本当に幸せにしてあげることはできなかったようです」

非常に残念ですがと、そう告げたリュカーリアはわずかに泣きそうな表情をしている。

「あ……っ、わた、わたくし……」

戸惑うツェリシナの手を、リュカーリアの手が優しく包み込む。そして「大丈夫ですよ」と背中を押してくれる。

「短い間でしたが、ツェリシナ様の婚約者でいられて楽しかったです」

「リュカーリア、様……っ」

「――さあ。運命の女神ノルンに、祈りを」

「ごめんなさい。それから……ありがとうございます、リュカーリア様」

ツェリシナはリュカーリアにぺこりと頭を下げて、大きく息を吸い込む。

「運命の女神ノルン！　私の運命を選ばせなさい！　最強だと言ったんだから、これくらいできるでしょう!?」

ツェリシナが吠《ほ》えると、女神ノルンがくすりと笑ったような気がした。そして目の前に表示された、ツェリシナの運命の二択。

▽どちらの選択肢を選びますか？
ツェリシナを悪役令嬢の呪縛から解き、自由の身にする。
ツェリシナは悪役令嬢の役目を全《まっと》うし、シナリオに身を任せる。

こんなの、悩む必要すらない。

▼ツェリシナを悪役令嬢の呪縛から解き、自由の身にする。
ツェリシナは悪役令嬢の役目を全うし、シナリオに身を任せる。

「これからは……私の未来は、私が自分で決めて歩いていくの！　ゲームのシナリオなんて、もう気にしない!!　私の『運命』を、自由に……っ！」

すると、辺り一面がこれまでにないほどの光に包まれた。

周囲を見回すと、参列客とリュカーリアは眠りについているようだ。これも、女神ノルンの力なのだろう。

「これが、ゲームからの解放……」

つまり、エンディングに自分の人生が左右されることがなくなるのだ。

今まで生きてきたなかで、こんな奇跡は初めてで……ツェリシナの目から、大粒の涙がこぼれ落ちた。

「ありがとう、女神ノルン」

これからは自分の人生は自分で決めて、前を向いて歩こう。そう思うと、涙でいっぱいなのに、自然と笑みが浮かんだ。

閑話　それからの話　――ツェリシナ・リンクラート&ソラティーク・リリ・アルバラード

私が自分を悪役令嬢という『運命』から解放して、三年の月日が経《た》った。

この世界――アースガルズは、今日も平和だ。

息を切らしながら、「なんでそんなに元気なんですか⁉」とヒスイが追いかけてきた。その横には、トーイもいる。

「ツェリ様、待ってください……っ、速い……っ」

『わうっ、わう～！』

「応援してくれてるのか、トーイ……ありがとう」

ヒスイが水筒の水を一口飲んで、大きな岩に足をかけて私の下までやってきた。

「見て見て、ヒスイ！　とってもいい景色じゃない？」

「……すごい」

実は今、私たちがいるのは――とある山の山頂付近。

ちょうど夕日が沈むところで、眼下に広がる世界がオレンジ色に染まっている。その光景は圧巻で、見られただけですべての疲れが吹っ飛んでしまいそうなほど。

「少し休憩したら、野営の準備をしましょう。明日《あした》の午前中には山を下りますよ」

「うん」

私たちがこの山に来た目的は、ずばり大樹スキルのレベルアップのためだ。そのスキルは【甘い蜜《みつ》】で、大樹の周りに花を植えるとレベルが上がるというもの。

今、ツェリン村の大樹の周りには九九種類の花が植わっている。

つまり、今回花を見つけて持ち帰ることができれば、一〇〇種類になってスキルは最高レベルの5になるわけだ。


ヒスイは夕日を眺め終わると、私の方を見た。

「ですが、ツェリ様がここまで花に興味があるとは思いませんでしたよ……。まさか、山の上にある花を採取しに来るなんて」

「だって、もう花屋じゃ売ってないし……」

「まあ、そうなんですけど」

このスキルのせいか、この世界は花の種類が少ない。入手困難なものも多く、私はこの三年間で苦労しながらどうにか手に入れてきたのだ。

ただ、そのほとんどがツェリン村のおかげでもある。

悪役令嬢という呪縛から解放された私は、今もリンクラート領第二地区の領主をしている。

結果を言ってしまえば、私――ツェリシナの人間関係がゲームのシナリオに左右されることはなくなったし、ゲームのイベントも起きていない。

リュカーリア様との結婚に関しては――あのあと、めちゃめちゃ平謝りした。

……でも、あそこで身を引くようなことをされるとは思わなかった。ヘルのことがあったにしても、私の加護はとても強いものだから。

自分で思っていた以上に、私はリュカーリア様に大切にしてもらっていたらしい。

それから……ソラティーク様とは、もう一度婚約をしたりはしていない。

リュカーリア様が身を引いてくれはしたけれど、それはそれ、これはこれなのだ。

私は一度リュカーリア様を選び、アルバラード王国を出るはずだった。それがなくなったからもう一度婚約しましょうでは、虫がよすぎる。

だけど……いつか、私がソラティーク様に相応《ふさわ》しくなれたら――とは、考えてしまう。

ちなみにメリア様だけれど、この三年の間に回復し、ヒスイに謝罪をしてくれた。そのあとは、正式に小神殿へ入り祝福の巫女《みこ》になった。

どうやらもう、ソラティーク様のことはすっぱりあきらめたみたいだ。今はこの国のために、祈りますと言っていた。

ツェリン村は、さらに大きくなっていった。

一番目まぐるしいのは、大樹の成長だろうか。システムのおかげもあり、言いづらいのだけれど――大神殿にある大樹よりも大きくなってしまったのだ……！

さすがに、これは私も驚くしかなかった。

大樹の側《そば》にあった家が、移設するという事態にまでなってしまったのは申し訳なかったと今でも思っている。

＊＊＊

野宿の準備が終わり、夕食を食べ終わると、頭上には満天の星が広がっていた。

「わあぁ、綺麗《きれい》！」

「すごい……」

私が感動の声をあげると、ヒスイも感嘆の声をもらした。トーイはあまり興味がないのか、火の近くでうとうとしている。可愛《かわい》いもふもふさんめ。


「さて、それじゃあ一〇〇種類目の花を探しましょうか！」

「月が出てる間だけ咲く花、でしたっけ」

「そうよ。『月雫《つきしずく》の花』って言うんだけど……無事に見つかるといいなぁ」

この花は、ゲームでも入手難度が高いものだった。というのも、この場所に来るまでが遠くて大変だから、ということだ。

しかもわかりづらいところに生えているため、なかなか見つからないのだ。

だけど、今はゲームではなく現実！　肉眼であれば、花くらい簡単に見つけることができるだろう。

――と、考えていた私は愚かだった。

ヒスイが息をついて、「ありませんねぇ」と切ない声を出した。

「こんなはずじゃなかったんだけど……」

花が咲く時間帯は間違っていないし、場所だって合って――あ。

「ヒスイ！　あの岩の上にあった‼」

「え？　あ、本当だ……。でも、かなり大きな岩ですね」

ちょうどテントを張った後ろにある岩の上に、可愛らしい白い花が咲いていた。まさか、こんなところにあるなんて盲点だった。

「というか、岩の上に咲くんだ」

そこは素直に地面に咲いていてくれたらいいのにと、しょんぼりする。

「登って取るには結構大変そうですよ」

「そこは私に任せて！」

生えている場所が岩の上なら、その岩ごと採取してしまえばいいのだ。

不思議そうにしているヒスイを横目に、私はテントの中から弓を取り出した。これはオズウェルお兄様が誕生日プレゼントに贈ってくれたもので、ずっと大事に使っている宝物だ。

それに矢を番《つが》えて、狙《ねら》いを定めて――射る！

一射目が岩に刺さったのを見て、私はさらに二射、三射と連続で矢を放つ。すると、一〇射目が刺さったところで――岩が砕けて落ちてきた。もちろん、花が咲いたままだ。

「よーしっ！」

ナイス！

私がガッツポーズをすると、すぐにヒスイが青ざめた。

「ツェリ様、あれじゃあテントに直撃しちゃいますよ‼」

「え？　ああああぁっ！　本当だ！　どうしよう⁉」

「そこまでちゃんと考えてくださいよっ‼」

自分にはどうすることもできないと、ヒスイもお手上げポーズをとる。すると、トーイが『わふっ』と吠えた。

「トーイ！　もしかして何か秘策が⁉」

と思ったけれど、落ちてきた岩に驚いただけだったようで、すぐにツェリシナとヒスイの下に走ってきた。

『くぅん……』

「あぁっ、ごめんねトーイ。寝てたのにびっくりしちゃったよね……」

『わうぅ』

「いっぱい撫《な》でてあげるから！」

たくさんトーイを撫でて、ブラッシングをして、どうにか許してもらう。でも、私にとってもご褒美です……。

岩が直撃して潰《つぶ》れたテントは、加護の力で潰れた運命から落ちてきた岩が逸《そ》れた運命に変えて直しました。

＊＊＊

仕事を進める手を止めて、一息つく。

そして視線を横に向けると、机の上には妃《きさき》候補の資料が置かれている。ツェリと婚約を解消して三年が経ち、私は二一歳になったが……誰とも婚約していない。

――婚約し、結婚しなければいけないことくらいわかっている。

アルバラードの王太子として、妃を娶《めと》り……世継ぎを作らなければいけない。わかっているのだが――どうしてそれはツェリではないのだと、考えてしまうのだ。


少し休憩でも、そう考えていたらノックの音とともに文官のエミリオがやってきた。

「ソラティーク様、手紙が届きました」

「手紙……？」

普段はまとめて持ってくるというのに、エミリオの手にある手紙は一通だけ。よほど重要なものなのだろうか？

エミリオが持つ手紙、その宛名《あてな》の文字を見て目を見開いた。

「それは……ツェリの字じゃないか？」

「……たったこれだけでわかってしまうソラティーク様は重症ですね」

エミリオの言葉は気にせず、私は奪うように手紙を取る。

ツェリとは、ツェリとリュカーリア様の結婚式以来、一度も顔を合わせていない。何度か会いたいと手紙を送ったことはあるが、差《さ》し支《つか》えないような断りの返事がくるだけだった。

いったいいなんて書いてあるんだ？

急いで封を開けると、それはツェリン村への招待状だった。

「ツェリ……」

嬉《うれ》しさが、胸に込み上げてくる。

私はこんなに浮かれるのはいったい何年ぶりだろうと思いながら、ツェリに返事を書いた。

＊＊＊

すべての執務を終わらせた私は、ツェリン村へとやってきた。

最後に来たのは三年ほど前で、そのときから比べるとあり得ないほど発展している。これはもう、村ではなく町といってもいいだろう。

「すごいな……ツェリは、一人でここまで村を大きくしたのか」

報告だけは受けていたが、実際に見てみるとこんなにも違う。

村は活気があり、大勢の子どもたちが楽しそうに遊んでいるし、大人たちも仕事に精をだしているのがよくわかる。

ツェリの屋敷《やしき》の前に着いたので馬車を降りたのだが……どうにもこうにも緊張してしまう。仕方がない。ツェリに会うのは、三年ぶりなのだから。

こういうとき、いつもはどうやって落ち着かせていたんだったか……。とりあえず何度か深呼吸を繰り返して、私は訪問を告げた。

するとすぐにツェリが出迎えてくれた。

「ソラティーク様！」

「——っ！」

ずっと聞きたいと思っていたツェリの、声。

その瞬間、私の心臓の鼓動がものすごい音を立てて加速し始めた。しかしあまり動揺しているというのも、格好悪いじゃないか。

どうにかツェリの方を向くと、ぱちくりと目を見開いた。そして、照れたように顔を赤くした。

——私の顔が、赤かったからだろう。

恥ずかしいのを誤魔化すように、私はツェリに声を返した。

「久しぶりだな、ツェリ」

「……はい。今日は来ていただいてありがとうございます」

そう言って微笑《ほほえ》んだツェリは、私と同じでどこか緊張しているようだった。


ツェリに連れられて、大樹にやってきた。

というか、大樹まで二人で歩いたのだが……隣のツェリが美しく成長していて、私の心臓は別の意味でもドキドキしっぱなしだった。

どこか大人っぽい顔立ちになり、髪もハーフアップに整えている。あとはその、体型も変化していて……つまりそう、三年前よりずっとずっと魅力的な女性になっていた。

「ソラティーク様、わたくしの大樹です」

ツェリの言葉にハッとして、私は顔を上げて大樹を見た。すると、飛び込んできたのは色とりどりのたくさんの花たち。

「大樹の周りの花畑……圧巻だ」

私が感動していると、ツェリがいたずらっ子のようににんまりと笑ってみせた。

「なんと、九九種類の花が植わっているんですよ」

「それはすごい」

「実は今から、一〇〇種類目を植えようと思っているんです」

じゃじゃ～ん！　と、ツェリが可愛らしい花を見せてくれた。その姿が楽しそうで、私も無意識のうちに口元が緩む。

「よかったら、私も一緒に植えていいか？」

「もちろんです！　ありがとうございます、ソラティーク様」

ツェリがにこっと微笑んだのを見て、私も笑みを返す。こんな穏やかな気持ちになったのは、かなり久しぶりかもしれない。

やっぱり、私はツェリと一緒にいるのが一番落ち着く。

大樹の泉の近くでは、蜂蜜《はちみつ》を作るフラワービーを始め、子熊《こぐま》や鳥などが楽しそうにしている。水浴びをしたり、昼寝をしたり。

熊なんて危険じゃないのかとツェリに聞いたら、大樹の周りに花を植えたから来てくれた、害はないと不思議な説明をされてしまった。

……王城の大樹の周りにも、花を植えてみようか？　なんて考えてしまう。

「トーイ、お花を植えるのでここの土を掘ってください！」

『わうっ！』

ツェリがトーイに穴を掘らせている間に、執事見習いから執事になったヒスイがジョウロの準備をしている。

なんとも平和な光景だ。

ずっとこの時間が続けばいいのに……そんな風に考えてしまう。仕事も、責務も、何もかもを投げ出してツェリの隣にいられたら――と。

しかしそれは、花を植えた直後に一変した。

ツェリの指示通りに植えたとたん、大樹の周囲にある花がすべて光り輝いた。同時に、ツェリの「レベルアップ！」という謎《なぞ》の言葉が小さく聞こえた。

「どういうこと――なっ、なんだあれは！」

「あ～！　神獣‼」

「神獣⁉」

ツェリの言葉に、私は口から心臓が飛び出るのではないかと思うほど驚いた。だってまさか、この目で神獣を見る日が来るとは思わなかったからだ。

やってきた神獣は、薄ピンクのもふもふだった。

たれ耳が可愛《かわい》らしく、尻尾《しっぽ》はふさふさだ。もふもふ具合だけを見るなら、トーイよりも上だろうか――トーイ？

そこではたと、トーイは犬だと思っていたが本当に犬だろうかという疑問が湧《わ》き起こった。

トーイは加護の祝福の印が好きで、よくよく観察すると、懐いている相手は神々からの加護を授かっている人間ばかりだった。

『わふぅ～！』

『わふっ！』

現に、やってきた神獣とトーイは意気投合してとても仲睦《なかむつ》まじい様子だ。

正直に言って、羨《うらや》ましい。

私だってツェリと――いやいやいやいや。今はそんなことを考えるべきではない。というか、私では大樹をここまで育てたツェリに相応《ふさわ》しくない……そんな風に思ってしまう。

自分が不甲斐《ふがい》なく、ツェリをリュカーリア様に取られてしまったのだから。

――だが……ここで自分の気持ちから逃げたら、あのときと同じじゃないのか？

もう、後悔はしたくない。

悔しい気持ちは、うんざりだ。

そう思ったら、体が先に動いて――ツェリのことを抱きしめていた。


「――ツェリ！」

「っ、ソラティーク様⁉」


ツェリの温《ぬく》もりが、とてもとても……安心する。

枯れてしまった自分の心が水を得たように、潤っていく。まるで命の水のようだと、そんなことを思う。

「やっぱり駄目だ。私はツェリに相応しくないと、そう自分に言い聞かせて忘れようとしていたが――無理だ。私はツェリを愛している」

「――っ！」

ツェリの息を呑《の》む音が、私の耳に届いた。

そして、次に続いたのは待ち望んでいた嬉しい言葉。

「大樹の周りに一〇〇種類の花を咲かせて、ソラティーク様に告白しようと思っていたんですよ。今の自分であれば、多少はソラティーク様に釣り合うかと思って……」

ツェリの小さな手が、私の背中を掴《つか》む。その手は震えていて、勇気を振り絞って返事をしてくれたということがわかる。

「釣り合うなんて……ツェリは、私よりもずっと魅力的だ。だからそんなことは、言わないでくれ」

私は体を離して、ツェリの顔を見る。頬《ほお》は赤くなっており、目元は潤んでいる。その可愛い姿に、これほど愛《いと》しいと思う相手は、生涯ツェリ以外いないだろうと思う。

ゆっくり膝《ひざ》をつき、ツェリの手を取る。

「私――ソラティーク・リリ・アルバラードと結婚していただけませんか？　もう、ツェリのことを片時も離していたくはない」

今までは何度も男らしくない面を見せてきたと思う。

けれどこの三年間は、執務の合間、取りつかれたように加護の力を使うための鍛錬を行ってきた。それは間違いなく、ツェリの隣に立つものとして相応しくなるためだろう。もう、ツェリの瞳《ひとみ》を曇らせることはしたくない。

返事をしないツェリを見ると、ローズピンクの瞳から大粒の涙がこぼれ落ちていた。まるで真珠のように、ぽろぽろと。

「ツエ、ツェリ⁉」

私は慌てて内ポケットからハンカチを取り、ツェリの目元に当てようと――

「……はい。わたくし、これから先ずっと……ソラティーク様と一緒にいたいです」

ハンカチを当てるよりも早く、ツェリが私に抱きついてきた。それを受け止めると、ツェリの甘い香りが私に届く。

「──っ、ツェリ」

「ソラティーク様も、泣いていますよ」

ツェリはくすりと微笑んで、私の涙をすくうように目元に優しく口づけてきた。

「──‼　ツェリ⁉」

突然のことに、動揺が隠せなくて恥ずかしい。普通、こういったときは男の私がリードしなければいけないというのに。

「ごめんなさい……嬉《うれ》しくて」

ふにゃりと笑ったツェリの笑顔がただただ可愛くて、もう何も考えたくなくなってしまう。もちろんそれでは駄目なことはわかっているが、今は一緒にいられる未来を喜びたい。

「ツェリ、愛している」

「──はい。わたくしも、愛しています」

ツェリがゆっくり瞳を閉じるのを見て、私はその可愛い唇にキスをした。

＊＊＊

ソラティーク様と一緒に屋敷《やしき》に戻ると、ヘルが出迎えてくれた。

「あ、おかえりツェリシナ」

「ただいま戻りました、ヘル様」

私はお淑《しと》やかに挨拶《あいさつ》をするが、ヘルは現在誰の前でも素で接している。まだ人見知りの節はあるけれど、ツェリン村でポテチを食べながら楽しく暮らしている。

ちなみに大神殿から派遣された名目は、世界で一番すごい大樹を観察するというものらしい。

——結局のところ、リュカーリア様はずっとヘルをラスボスの呪縛《じゅばく》から解き放つ方法を模索していたのだということを知った。

私を妻に望んだのも、運命の女神の力でヘルをラスボスの呪縛から解き放つことが一番の目的だったのだという。

先に教えてほしかったけれど……加護の力が発動するには、私自身がヘルに好意を抱いており、感情が揺さぶられなければいけなかったから、教えない方がいいという判断だったようだ。

つまりリュカーリア様は、弟想《おも》いのいいお兄ちゃんではあったのだ。

割と強硬手段だったのは、あまり時間がなかったから。確かに、ゲームはある程度進んでいたし、結婚式のときはラスボスの封印が解かれる直前だった。

「ツェリ、その男性は……？」

私がヘルとフレンドリーに接したのを見て、ソラティーク様が戸惑いながら声をかけてきた。

「大神殿から派遣されている、リュカーリア様の弟のヘル様です。ツェリン村の大樹がほかと違うので、観察する役目で派遣されているんです」

「ああ、なるほど」

私が説明をすると、ヘルがぺこりと頭を下げた。

「ヘルと申します。ツェリシナ様の屋敷に滞在させていただいております」

「ソラティーク・リリ・アルバラードだ。大樹のこと、どうぞよろしく頼みます」

「はい」

軽く挨拶をすると、ヘルは屋敷から出て行ってしまった。おそらく、ポテトチップスを買いにいったのだろう。

食べすぎにだけは気をつけてほしい。


私の部屋に着くと、ヒスイが紅茶を淹《い》れてくれた。

「ありがとうございます。しばらくソラティーク様と二人で話をしたいので、席をはずしてもらっていいですか？」

「わかりました」

ヒスイが一礼して出ていくのを見て、私はふうと息をついた。

きっと、ソラティーク様をひどく混乱させてしまうだろう。けれど、きっと……私を受け入れてくれるかはともかくとして、話は最後まで聞いてくれると思う。

「ソラティーク様……信じられないような話かもしれませんが、聞いてくださいますか？」

「もちろんだ」

頷《うなず》くソラティーク様を見て、私はゆっくりと、自分のことを話し始めた。

＊＊＊

「──わたくしは、自分の運命を知っていました。ソラティーク様とメリア様が結ばれなければ、死ぬという運命です」

「な……っ！」

ツェリはいったい何を言っているのだと、頭の中が混乱する。

いや……運命の女神ノルンの加護で、知り得ることができたのかもしれない。

ツェリの行動を思い返してみると……確かに私とメリア嬢をくっつけようとするような言動には覚えがある。

しかしまさか、そんなことを考えていたなんて……。

「わたくしは、死ぬのが怖くてソラティーク様を選べなかった……本当に、申し訳なく──」

「謝罪などいらない！」

ツェリの言葉が終わる前に、私は声を荒らげていた。死んでしまうけど、好きだからあなたを選びました。そんなことを言われて、嬉しいわけがない。

もしその事実を知っていたのなら、私はきっと喜んでメリア嬢と結婚しただろう。そして心では、ずっとツェリのことを想って。

——我《われ》ながら、酷《ひど》い思考だ。

「私は、生きて……ツェリと幸せになりたい。ツェリが犠牲にならなければいけない未来では、私は絶対に幸せになれない」

どうか、それだけは忘れないでほしい。

「だからツェリの選択は、間違っていない」

「ソラティーク様……」

「必死に生きる道を進んでくれて、ありがとう。だから、こうしてまたツェリと一緒にいることができている」

私がそう告げると、ツェリの瞳から大粒の涙がこぼれてきた。

「今日のツェリは泣き虫だな」

先ほどの仕返しではないけれど、私はツェリのところまで行き、その瞳に唇を寄せる。しょっぱい涙に、思わず頬が緩む。

「……幸せだからです」

「……そうだな、幸せだ」

ツェリの言葉に私も同意して、二人で微笑《ほほえ》んだ。

きっと明日《あした》からは、もっと幸せな毎日が待っているだろう。

番外編　ツェリシナとの交流――運命の女神ノルン

この世界アースガルズでは、運命を司る女神の私を始め、神や精霊たちが人間に加護を与えている。それには例外なんてない。

ないはず、なのだけれど――

『どなたからの加護もありません』

私が加護を与えた少女に、神殿の神官は言い放った。

――なんて無能なのかしら。

まあ……私の加護は力が絶大な分、他者にはわかりづらいのだけれど。

『これからどうなるのかしら』

加護なしと言われた人間がどういった扱いを受けるかくらい、女神の私にだって想像は容易《たやす》い。

結果、私が加護を与えた少女――ツェリシナは、世間から冷たい目で見られた。

＊＊＊

「あーもうっ！　どうして女神ノルンは私に応《こた》えてくれないの〜っ！」

そう言って、ツェリシナが自室のベッドの上をごろんごろんと転がっている。つい先ほどまで私に対するお祈りをしていたというのに、あきらめるのが早すぎるわね。

思わず笑ってしまった。

――最近のツェリシナは、見ていて楽しい。

昔は猫かぶりをしてお淑《しと》やかにしているだけの娘だったけれど、バルドルが加護を与えている人間との結婚を断ってから生き生きしている。

だから、ちょっとくらいはサービスしてあげてもいいかしら。


『そんなに私と話をしたいの？』


「――ひゃっ！」

『驚きすぎじゃない？』

私がツェリシナの脳内に話しかけると、だらしのなかった顔を引き締めてベッドから飛び起きた。よっぽどびっくりしたみたい。

くすくす笑っていると、ツェリシナが小さく深呼吸をして口を開いた。

「私ね、ずっとずっとノルン様にお礼が言いたかったんです」

『お礼？』

「はい。私を加護してくださって、ありがとうございます。そして、今の私がいるのも……ノルン様が背中を押してくれたからです」

でなければきっと、自分はあのままリュカーリアと結婚していただろうとツェリシナは言う。

私は楽しい方がいいから後押ししただけだけれど……まあ、存在するだけで感謝されるのが私たち神だものね。

『別に構わないわ。これからもっと楽しませてくれるのでしょう？』

「はいっ！」


ツェリシナは、自分の大樹を世界一にすると言った。

この世界に存在する大樹は、大神殿にあるものが一番。それは人間だけではなく、神々だって知っている絶対的な事実だった。

けれど今、それが崩れてきた。

——なぜかって？

ツェリシナが、自分の大樹をどんどん成長させているからよ。周囲には泉が湧《わ》き、神獣も呼び寄せてしまうほどの力を持っているなんて世界にたったひとつだけ。まさに私が加護を与えた人間に相応《ふさわ》しい大樹だわ。

私が持っていた新たな大樹の種に運命の力を加え、地上に手放した甲斐《かい》があったわね。

ツェリシナは指を合わせてもじもじしながら、「あのっ」と言葉を続ける。

「もっとノルン様とお話ししたいんですが、こうやって話をするのに何か条件や誓約があるのですか？」

どうやら、時間制限や、ツェリシナが何かしなければ話ができないのではないかと危惧《きぐ》しているみたいね。

そんな誓約は一切ないし、別に教える必要はないのだけれど……ツェリシナはお気に入りだから、教えてあげてもいいわ。

『私の意思の自由のままよ』

「……ということは、私のお祈りも聞こえていたんですか？」

『ええ』

私が頷くと、ツェリシナが盛大に肩の力を抜いてベッドへ突っ伏した。あら、私の前でそんな態度を取るなんて失礼な子ね。

「なら、ちょっとくらい応えてくれてもいいじゃないですか……っ」

『甘えたことを言わないでちょうだい。私は女神なのよ。そう簡単に、人間に応えたりしないわ』

まあ……もっともっと大樹を大きくしてくれたら、考えてあげてもいいけれど。

くすりと笑ってそう言うと、ツェリシナは「そうですよね、精進します」と祈りのポーズを取った。……ポーズだけでは駄目だけどね？

ツェリシナが項垂《うなだ》れていると、ふいにドアが開いた。

『あら、神獣じゃない』

「トーイ！」

もふっとした白い毛並みの神獣は名前をトーイといい、今はヘイムダルが加護を授けている人間と行動を共にしている。

――私もトーイと呼ぶのがいいかしらね。

『トーイ、下界で不便はなくて？』

『わふっ！　とてもよくしていただいていますわん』

『それはよかったわ』

尻尾《しっぽ》を大きく振って、トーイは嬉《うれ》しそうに吠《ほ》える。すると、ツェリシナが目を大きく見開いてトーイのことを見た。

「…………え？　ノルン様、もしかしてトーイの言葉がわかるんですか？」

そういえば、人間に神獣の言葉はわからなかったわね。

『わかるわよ。トーイたち神獣は、私たちの騎士のようなものだし……』

簡単に説明すると、ツェリシナは目を輝かせた。

「はわわわ……動物、というかトーイは神獣だけど……喋《しゃべ》れるなんて、そんな夢のようなことがあるなんて！　好きな食べ物とか、もっと遊びたいかとか、不満はないかとか……聞きたいことがたくさんありすぎるっ‼」

ツェリシナが一気に興奮して、口元を手で押さえて荒い息遣いを隠している。

この子、大人しいときとそうじゃないときの差が激しすぎるのよね……。まあ、そんなところも見ていて飽きないけれど。

『みんなと一緒にいられて、毎日楽しいわん』

『トーイは楽しいそうよ、よかったわね』

「本当ですか⁉　よかったぁ〜」

私がトーイの言葉を告げると、ツェリシナはほっと胸を撫《な》でおろした。そんなに気がかりだったのかしら。

『神獣は、これからも大切にしてちょうだい』

「もちろんです！」

間髪容《い》れずに、返事がきた。

しかもめちゃくちゃいい笑顔だ。

『ふふっ、その調子でこれからも頑張りなさい』

私はそう告げて、ツェリシナとの意思疎通を切った。

＊＊＊

運命の女神ノルンである私は、毎日ツェリシナのことを見ている。干渉をすることはほとんどないけれど、私の運命の力はある程度は自由に使わせてあげている。

最近は割と自由に加護の力を使うようになったけれど、すべてに使うわけではない。

「あれ？　どうしたんですか、ツェリ様」

「ヒスイ……うぅん、なんでもない」

部屋でどんよりと落ち込んでいるツェリシナに、ヘイムダルの加護を持つ青年が声をかけた。けれど、ツェリシナは元気なく首を振るだけ。

「ソラティーク様と喧嘩《けんか》でもされたんですか？」

「……そ、そういうわけじゃ……」

ツェリシナは言いよどむけれど、まさにその通り。私はツェリシナの瞳《ひとみ》を通して、何があったかを全部見ていたから。

何があったのか簡潔に言ってしまえば、二人の結婚式をいつにするか——という話で意見の食い違いがあったというだけのこと。

「まあ、そういうことにしてあげてもいいですけどね。紅茶を淹《い》れてきますから、少し待っていてください」

青年が部屋を出たのを見て、私はツェリシナに声をかけることにした。

『加護の力で、いい方向に運命を変えちゃえばいいじゃない』

「——っ！　の、ノルン様！」

ツェリシナは私が急に出現したせいで驚いたみたいだけれど、すぐに首を振った。

「それは駄目です。人の気持ちを加護で変えてしまったら、それはもう人ではない別のナニカ——に、なってしまいます」

だからどんなことがあっても、人の心だけは運命を変えないのだとツェリシナは胸を張って堂々と答えた。

「人の心を改変する統治者では、国を滅ぼしてしまいます」

『……そう』

ツェリシナの言葉を聞いて、私はとても晴れやかな気持ちになった。やっぱり、私がツェリシナに加護を授けたことは、間違っていなかった。

だって前に、私の加護を使って人の心の運命を変えていった者は――破滅してしまったから。

――ツェリシナは、芯《しん》の通ったまっすぐな子ね。

私がふふっと笑うと、ツェリシナが頬《ほお》を赤らめる。

「ちょ、ちょっと格好つけすぎたかもしれないですけれど、私の本心ですから」

だから軍神テュールの加護を持つ婚約者とも、きちんと話し合いをして決めるのだとツェリシナは言う。

そうね、それがいいわね。

私の無敵の加護があるからって、全部それで解決してしまってもつまらないもの。

『なら、早く仲直りしてしまいなさい』

「うぅ……っ。わかっていますけど、まだ解決策がまとまっていなくて……」

うじうじするのね。

すぐにでも結婚式を挙げたい婚約者と、根回しなどを水面下で行ってから結婚式をしたいツェリシナ。

まあ確かに、相手はこの国の王太子なのだからツェリシナの考えもわからなくはない。

『でもツェリシナ？　もうちょっと相手を信じてみてもいいんじゃないかしら』

「え？」

私の言葉に、ツェリシナがぽかんと口を開ける。

『彼が、この数年間……何もしていなかったとでも思っているの？　ツェリシナが思っているより、ずっとずっと強いわ』

「え……っ」

ツェリシナがドキリとしたのがわかった。

私は女神であるから、人の運命の強さというものがわかる。テュールが加護を与える彼——ソラティークは、とても強い色をしている。

みくびっていたら、あっという間に手のひらの上で踊らされちゃうんだから。

「わ、わたくし……ソラティーク様に相談しに行ってきます‼」

そう言うと、ツェリシナはすぐ行動に移し始めた。先ぶれの早馬を用意し、王城へ行くために着替えを始める。

——どれだけ会いたかったのやら。

慌てて飛び出したツェリシナを見て、私はやっぱり飽きそうにないなとほくそ笑んだ。

あとがき

こんにちは、ぷにです。『加護なし令嬢の小さな村』四巻をお手に取っていただき、ありがとうございます。

あとがきを書いている今は七月で、溶けそうなくらいに暑いです。発売しているころには、多少涼しくなっていることを切に願っております……!!

個人的には涼しくなる前にふわふわなかき氷が食べたいです。


さて。今回も必死に加筆修正させていただきました！

楽しんでいただけましたでしょうか？　いろいろ詰め込んでしまった感もあるので、閑話などで上手《うま》く補足できているといいのですが……。

いつも閑話は誰《だれ》にしようか悩むんですよね。

第三者視点はなかなか楽しくて、毎回書くのを楽しみにしていました。今回の目玉は、個人的にはリュカーリアの側近でしょうか（笑）。

本編のネタバレになるようなことをここで触れすぎるのもあれですが、怒涛《どとう》のハッピーエンドになったのではないかな……!?　と。

ずっと私の中でヒーローが固まっていなかったのですが、最後の最後でつよつよでした。応援してくださった皆さま、ありがとうございます！

本編の区切りにもどうしようか悩み、結果的に閑話というかたちで話を繋《つな》がせていただきました。こう、すっきり綺麗《きれい》にまとまるには……あそこがよかったな、と。

話のまとめ方って、どうにも苦手でして……。日々精進です。

お察しの方もいるかと思いますが、『加護なし令嬢の小さな村』はここで一区切りとなります。

お付き合いいただきまして、ありがとうございました。読んでいただき、感想をいただけて、とても嬉《うれ》しかったです。

もし売れまくるという奇跡が起きたら続刊もできるかもしれませんので、ぜひぜひお友達などにお勧めしていただけると嬉しいです。


コミカライズのお知らせです。

電子雑誌『B's-LOG COMIC』で連載中のコミカライズ（作画：ひなた水色先生）ですが、コミック二巻が七月に発売しました！

二巻の表紙はツェリ&ソラティーク&トーイです。花束を持つソラティーク様が美しいのです。

本編も丁寧に描いていただき、とても面白いので、ぜひぜひよろしくお願いいたします。


最後に皆さまに謝辞を。

担当のO様。今回はギリギリまで改稿などをしてしまい、とてつもなくご迷惑をおかけしてしまったかと……！

それでもいいものにできたのは、担当さんの支えあってこそです。ありがとうございました！

イラストを担当していただいた藻《も》先生。とても華やかなイラストに、めちゃめちゃテンションが上がりました！　とっても可愛《かわい》いです。

そして個人的に、ソラティークの衣装がすごく好みです。イイ……。

今回も素敵なイラストを仕上げてくださり、ありがとうございました！

そして本書に関《かか》わってくださったすべての方と、読者の皆さまに最大限の感謝を。


加護なし令嬢を楽しんでいただき、ありがとうございました。

ぷにちゃん

お便りはこちらまで

〒102－8177
カドカワBOOKS編集部　気付
ぷにちゃん（様）宛
藻（様）宛

カドカワBOOKS

加護《かご》なし令嬢《れいじょう》の小《ち》さな村《むら》 4
～さあ、領地《りょうち》運営《うんえい》を始《はじ》めましょう！～

2021年 9 月10日　初版発行

著者／ぷにちゃん

発行者／青柳昌行

発行／株式会社KADOKAWA

〒102-8177
東京都千代田区富士見2-13-3
電話／0570-002-301（ナビダイヤル）

編集／ビーズログ文庫編集部

印刷所／大日本印刷

製本所／大日本印刷

本書の無断複製（コピー、スキャン、デジタル化等）並びに
無断複製物の譲渡及び配信は、著作権法上での例外を除き禁じられています。
また、本書を代行業者等の第三者に依頼して複製する行為は、
たとえ個人や家庭内での利用であっても一切認められておりません。

※定価（または価格）はカバーに表示してあります。

●お問い合わせ
https://www.kadokawa.co.jp/（「お問い合わせ」へお進みください）
※内容によっては、お答えできない場合があります。
※サポートは日本国内のみとさせていただきます。
※Japanese text only

©Punichan, Mo 2021
Printed in Japan
ISBN 978-4-04-736730-2 C0093

新文芸宣言

かつて「知」と「美」は特権階級の所有物でした。

15世紀、グーテンベルクが発明した活版印刷技術は、特権階級から「知」と「美」を解放し、ルネサンスや宗教改革を導きました。市民革命や産業革命も、大衆に「知」と「美」が広まらなければ起こりえませんでした。人間は、本を読むことにより、自由と平等を獲得していったのです。

21世紀、インターネット技術により、第二の「知」と「美」の解放が起こりました。一部の選ばれた才能を持つ者だけが文章や絵、映像を発表できる時代は終わり、誰もがネット上で自己表現を出来る時代がやってきました。

UGC（ユーザージェネレイテッドコンテンツ）の波は、今世界を席巻しています。UGCから生まれた小説は、一般大衆からの批評を取り込みながら内容を充実させて行きます。受け手と送り手の情報の交換によって、UGCは量的な評価を獲得し、爆発的にその数を増やしているのです。

こうしたUGCから生まれた小説群を、私たちは「新文芸」と名付けました。

新文芸は、インターネットによる新しい「知」と「美」の形です。

2015年10月10日

井上伸一郎

BC B's LOG COMICS
コミカライズ版の
村作りも順調に進行中♪
…と思いきや波乱の足音が!?
コミックス①〜②巻
好評発売中!!
加護なし令嬢の小さな村
〜さあ、領地運営を始めましょう!〜
ひなた水色
原作／ぷにちゃん
キャラクター原案／藻

「盾」に転生してしまった私――
優しい第六王子を守り抜いて見せますっ！
緑王の盾と真冬の国
ぷにちゃん
ill. 緋原ヨウ
盾に転生した私が目覚めたのは、一年中雪が降りそそぐ真冬の国だった。
「汚らしい盾だ」と言われ、誰にも見向きされない私に手を伸ばしてくれたのは、
心優しい第六王子で――。「ずっと、私が守ってあげるよ!」
①～②絶賛発売中!!
カドカワBOOKS
四六単行本

サエトミユウ　イラスト／又市マタロー

虐げられて育ったインドラ（5歳）は、前世の記憶が甦るとともに実家を出る決意をする。そこに、見た目おっさんの冒険者ソードが現れた！　生意気で常識外れで無駄に強いインドラを心配したソードは、一緒に旅に出ないかと誘い……!?

カドカワBOOKS

美雨音ハル　イラスト／RAHWIA

神獣カーバンクルに導かれ、隣国グランタニアに転移した元伯爵令嬢のクーナ。冒険者ギルドにある喫茶店で働きはじめたある日、チートな癒しの力に目覚めて!?　二度目の人生、この力で私、幸せになります！

カドカワBOOKS

澪亜　イラスト／双葉はづき

塔での幽閉生活から一転、裏切りにより両親を殺され、お飾りの王位継承者として表舞台に戻ることになったルクセリア。――これは何もできない落ちこぼれの『人形姫』が、悪徳の女王と呼ばれるまでの物語。

カドカワBOOKS

延野正行　イラスト／坂野杏梨

「四天王の中で最弱」と仲間から汚名を着せられ、魔王軍を解雇されたカプソディア。風評被害のほとぼりが冷めるまで人間の街で潜伏することにしたのだが、なぜかケモ耳勇者とちびっこ聖女から師匠と慕われて……!?

カドカワBOOKS